Christine Brunnsteiner

Alte Weiber

Briefe über Leiden, Lust und Leichtigkeit

CHRISTINE BRUNNSTEINER

Alte Weiber

Briefe über Leiden,
Lust und Leichtigkeit

:STYRIA

www.styriaverlag.at

Lektorat: Elke Vujica, Graz
Umschlaggestaltung und Innenlayout: malanda-Buchdesign, Andrea Malek, Graz
Druck und Bindung: CPI Moravia Books, Korneuburg

ISBN: 978-3-222-13250-6

Der erste Brief geht an Sie,
liebe Leserin (natürlich auch lieber Leser)!

Sie werden die beiden Frauen in diesem Buch bestimmt kennen. Wenn auch unter anderen Namen.
Und Sie werden sich wahrscheinlich auch selbst in ihnen erkennen, ihre Probleme und Sorgen, ihre versteckten Wünsche und Sehnsüchte verstehen. Weil es auch Ihre sind, unsere. Oft nicht ausgesprochen, dafür umso öfter lebensbegleitend.
Eva und Marlene könnten Mutter und Tochter sein, Frauen zweier Generationen, in deren Lebensgeschichten sich das soziale Umfeld ebenso spiegelt wie die unerbittlichen Anforderungen einer Gesellschaft, in der man bereits mit 50 zu den „alten Weibern“ gezählt wird.
Dem Leben nicht ausweichen, trotz aller Probleme voll Freude und mit allen Sinnen „Weib“ sein, das ist die Botschaft, die ich Ihnen vermitteln möchte.
Eva hat ihren Weg schon gefunden, Marlene ist noch auf der Suche. Wir können die beiden ein Stück begleiten.

Viel Freude und ein bisschen Nachdenken beim Lesen,
das wünscht Ihnen

und das wünscht sich

Ihre

Marlene und Eva lernen einander bei einem Seminar kennen, in dem es um das Thema geht, wie man mit Kindern über den Tod spricht, wie man ihnen helfen kann, mit Verlusten umzugehen.
Marlene besucht das Seminar von Berufs wegen, sie ist Krankenschwester, Eva, die weitaus Ältere, weil sie die Vortragende kennt und von ihr eingeladen wurde. Die beiden Frauen kommen ins Gespräch und finden trotz des Altersunterschiedes spontan eine gemeinsame Wellenlänge und Gefallen aneinander. Sie beschließen, in Kontakt zu bleiben, und zwar brieflich.
Ein halbes Jahr vergeht, dann schreibt Marlene eine Ansichtskarte aus Portugal. „Liebe Grüße, schönes Wetter. Denke gerne an unsere interessanten Gespräche. Melden Sie sich doch einmal."

Liebe Marlene!

War sehr schön, ein Lebenszeichen von Ihnen zu erhalten. Ich habe Sie nicht vergessen, wie Sie vielleicht denken könnten, aber die letzten Monate war ich sozusagen „außer Gefecht". Kurz nach dem Seminar bin ich mit dem Fahrrad gestürzt und habe mir den linken Unterschenkel gebrochen. Ich muss Ihnen nichts erzählen, Sie sind ja vom Fach! Schmerzhaft und langwierig. Hinzu kommt, dass ich auch etwas zu schwer bin, wie Sie ja selbst gesehen haben. Der Arzt (etwa 35 Jahre alt!) hat mich als Erstes gefragt, wieso ich denn in meinem Alter noch mit dem Rad fahre. Als ob ihn das etwas anginge! Nun, die Heilung schreitet fort, der Gips kommt nächste Woche herunter, und dann werde ich wohl einige Zeit den Stock brauchen. Aber sich dagegen aufzulehnen, ist Zeitverschwendung. Was gibt es Neues in Ihrem Leben? Ich bin neugierig, liebe Marlene, also schreiben Sie bald!

Gruß von Eva

PS.: Waren Sie allein in Portugal oder mit Familie?

Wieder eine Postkarte von Marlene. Diesmal von daheim: Ansicht der historischen Altstadt mit dem berühmten Dom.

Und dann ein Brief:
Natürlich sei sie mit Familie verreist, allein komme nicht in Frage. Derzeit große Probleme mit der Schwiegermutter, die während ihrer Abwesenheit in die Intensivstation eingeliefert werden musste: Nierenprobleme. Schuldzuweisungen, weil sie sich zu wenig um die Schwiegereltern kümmere. Erholungswert nach dem Urlaub gleich null. Es gehe ihr alles auf die Nerven, am liebsten würde sie den Krempel hinschmeißen und zu ihrer Schwester nach Neuseeland fliegen. „So halte ich das nicht mehr lange aus."

Liebe Marlene,

ich habe einige Tage mit meiner Antwort zugewartet, weil ich mir nicht sicher war, ob Sie jetzt überhaupt an Post von mir interessiert sind. Doch vielleicht ist gerade unsere bis dato noch vorhandene „Fremdheit" ein Vorteil, weil ich ganz unbefangen auf das reagieren kann, was Sie mir schreiben. Das mit den Schuldzuweisungen habe ich nicht richtig verstanden. Sollen etwa Sie der Grund dafür sein, dass die alte Dame jetzt im Krankenhaus ist? Wer behauptet denn

das und mit welcher Berechtigung? Sie haben mir ja erzählt, dass Ihr Verhältnis zur Schwiegermutter nicht gerade gut ist, aber das ist doch ein starkes Stück!
Ich hatte eine Tante, die mindestens einmal monatlich ihren Selbstmord angedroht hat, wenn sich ihr jemand widersetzt hat, an jedem Herzstechen und Magendrücken hatte ein Familienmitglied Schuld, jahrzehntelang hat sie ihre Umwelt manipuliert und unter Druck gesetzt, bis einer ihrer Söhne einmal klar und deutlich gesagt hat: Tu, was du tun musst, aber lass uns endlich in Ruhe! Natürlich hat sie sich nicht umgebracht. Sie war auf Gott und die Welt beleidigt und hat alle enterbt, was sich ausgesprochen entspannend auf den Familienfrieden ausgewirkt hat. Wenn keiner was kriegt, gibt es nichts zum Streiten.
Hält Ihr Mann denn zu Ihnen? Meistens sind die Mütter ja nur so stark, weil die Söhne so schwach sind (wie sie sie erzogen haben).
Sie sind eine tolle Frau, Marlene! Und das nicht nur, weil Sie Ihr eigenes Geld verdienen. Wie ich Sie kennengelernt habe, schaffen Sie das schon.

Ich halte Ihnen die Daumen!
Ihre Eva

Ein langer Brief von Marlene.
Hintergrund der Vorwürfe gegen sie sei die Tatsache, dass sie nach der Hochzeit nicht in das große Haus der Schwiegereltern einziehen wollte. Damals habe der Streit begonnen. Außerdem habe man sich für den Sohn eine Frau aus „gutem Hause" gewünscht, sie habe als Arbeiterkind nie entsprochen. Wäre man im gemeinsamen Haus, würde die Versorgung der Schwiegereltern leicht möglich sein, aber so ...
Schuld sei auf alle Fälle sie. Ihr Mann ist jeden Tag im Krankenhaus bei der Mutter, er fühlt sich offenbar schuldig dafür, dass er seine Frau „nicht im Griff" hat (Zitat des Schwiegervaters).
„Ich bin schwach, ausgelaugt und alt."

Du lieber Himmel, Marlene,

jetzt wollen wir einmal die Kirche im Dorf lassen! Sie FÜHLEN sich schwach, ausgelaugt und alt! Das heißt aber noch lange nicht, dass Sie es sind. Sie brauchen dringend Hilfe, und so, wie Sie mir das schildern, haben Sie niemand in der Familie, dem Sie sich wirklich anvertrauen können. Die Schwester am anderen Ende der Welt, und die Eltern, meine Güte, die will man ja am wenigsten belasten, ebenso wenig wie die Kinder.
Ich kenne das. Ich hatte, ähnlich wie Sie, eine veritable Lebenskrise, bei mir war es kurz vor meinem 55. Geburtstag.

Ich feiere nicht so gern, aber meine Frauenrunde wollte unbedingt ein Fest, und so habe ich zugestimmt.
Es sollte aber anders kommen. Mein Bruder hatte einen schweren Verkehrsunfall und wurde in Tiefschlaf versetzt, die Familie wechselte sich an seinem Bett ab. Ich war nie besonders gut mit meinem Bruder, ich habe ihn immer für einen verwöhnten, aufgeblasenen Schnösel gehalten, und ich konnte nun nicht plötzlich Geschwisterliebe heucheln. Meine Eltern warfen mir Kaltschnäuzigkeit vor, es kam zum Eklat, der mit einem Nervenzusammenbruch meiner Mutter am Krankenbett des Bruders endete. Sie können sich vorstellen, wie es da umging! Natürlich hatte ich an allem Schuld, so wie Sie jetzt.
Dazu kam, dass gerade zu dieser Zeit die Miete für meine Buchhandlung drastisch erhöht wurde und ich ernsthaft erwog, das Geschäft zu schließen. Meine Buchhandlung, mein Leben!
Ich hatte niemanden, an den ich mich hätte wenden können. Sicher, gute Ratschläge haben alle, aber wer will denn schon so helfen, wie man es wirklich braucht, also ohne selbst wirksam zu werden!
Aus dieser Lebenskrise haben mir letztlich ein Zufall (in Person eines netten Mannes) und ein günstiger Kredit geholfen.
Vorher aber kam der totale Zusammenbruch, gerade am Tag des geplanten Geburtstagsfestes.

So spielt das Leben, und hätten Sie, liebe Marlene, nicht von Ihrer Krise erzählt, wäre dieses unangenehme Kapitel meines Lebens wohl nicht mehr aufgetaucht in meinem Kopf. Das Gedächtnis ist gnädig, es behält leichter die schönen Dinge und Erfahrungen, das gilt auch für Sie, ganz sicher! Suchen Sie sich professionelle Hilfe und melden Sie sich wieder. Aber nur, wenn Sie Zeit und Lust dazu haben, Druck gibt es in Ihrem Leben derzeit ohnehin genug.

Es grüßt Sie Eva

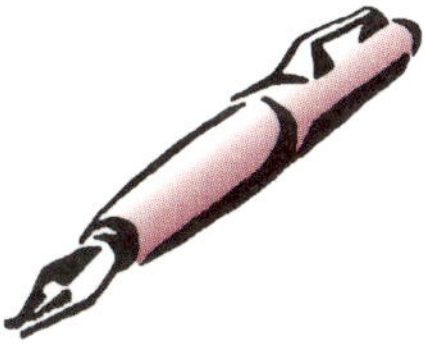

Zwei Wochen kommt keine Post von Marlene. Dann ein langer Brief aus dem Krankenhaus. Diesmal ist sie als Patientin dort.

„Der physische und psychische Zusammenbruch ist nach einem neuerlichen Streit mit den Schwiegereltern erfolgt. Ich konnte in der Früh nicht mehr aufstehen, war wie gelähmt, habe stundenlang nur geweint. Burn-out. Jetzt bin ich reif für das Irrenhaus."

Sie kämpfe mit dem Gefühl, alles falsch gemacht zu haben. Wie ausgesetzt auf einer Insel fühle sie sich, und grenzenlos allein. Auch die Kinder kämen nicht zu Besuch, wahrscheinlich, so vermute sie, „genieren sich alle für mich".

Meine liebe Marlene!

Die Welt geht nicht unter! Das ist die erste gute Nachricht. Die Perfektionsfalle ist zugeschnappt, und Sie liegen drin, im tiefen schwarzen Loch. Aber wir helfen Ihnen wieder heraus, ich, so gut ich kann, und ganz sicher Ihre Familie, die jetzt mit der Situation einfach noch überfordert sein könnte.

Ich danke Ihnen für Ihr Vertrauen, das sei einmal vorausgeschickt. Ich weiß nicht genau – nachdem ich Ihren Brief wohl ein Dutzend Mal gelesen habe –, ob Sie von mir Antwort im Sinne von Rat erwarten. Ich denke, ich erzähle Ihnen einfach von mir. Der Vergleich macht zwar nicht automatisch sicher, aber manchmal beruhigt er etwas.

Meine Tochter war 18, mein Sohn gerade 22 Jahre alt, als ich ernsthaft erkrankte. Ich bekam während der Gartenarbeit plötzlich stechende Schmerzen in der linken Brust, überhaupt auf der ganzen linken Körperseite. Der erste Gedanke war natürlich: Herzinfarkt. Ich war ganz allein, mein Mann auf Geschäftsreise, die Kinder beim Segeln im Süden.
Ich konnte mit letzter Kraft die Rettung verständigen, und im Spital gab man erst einmal Entwarnung. Ich hatte zwar keinen Herzinfarkt erlitten, aber nach drei Wochen und zahlreichen Untersuchungen stand fest: Die linke Niere war der Auslöser gewesen. Ich will Sie nicht mit Details quälen, nur so viel: Ich lebe seither mit einer gut und einer fast nicht mehr funktionierenden Niere. Man gewöhnt sich daran, und der Zustand hat sich in all den Jahren nicht wesentlich verschlechtert.
Aber damals, Marlene, habe ich mich auch an etwas anderes gewöhnt, nämlich an den Gedanken, dass ich allein bin. Allein, trotz der Familie, der Freundinnen und Freunde. Was mich zunächst zutiefst verstört hat (wo sind sie denn alle, die ich Tag für Tag umsorge, hege und pflege?), wurde mir mit der Zeit zum Grundkapital für meine Freiheit. Das Thema Freiheit sollten wir uns später einmal vornehmen, meinen Sie nicht auch?
Kennen Sie die Geschichte von Prokrustes und seinem Bett? Der wollte jeden in sein Bett einpassen, die Langen schlug er kürzer, die Kurzen hat er gedehnt. Hat nicht funktioniert, klarerweise, er hat alle kaputt gemacht. Sie wissen, worauf ich

hinauswill? Natürlich hätten wir gern Kinder und Männer, die uns jeden Tag ihrer Liebe versichern, uns besuchen, da sind für uns, wie wir für sie. Aber wir müssen akzeptieren, dass wir sie uns nicht nach unserem Maß zurechtschneidern können, wir können sie nicht anpassen an unsere Vorstellungen – und wenn wir es dennoch immer wieder versuchen, wird nur Enttäuschung daraus. Glauben Sie bloß nicht, ich wäre davor gefeit! Ich bin Ihnen nur altersbedingt ein wenig voraus, was Enttäuschungen wie gute Erfahrungen betrifft.
Sie sind jetzt ganz unten, wie Sie schreiben. Und was finden Sie unten, wenn ich so provokant fragen darf? Ich erinnere mich nämlich genau, was ich damals unten fand: eine Menge Selbstmitleid. Wahrscheinlich ist es bei Ihnen nicht viel anders. Aber wenn man ganz unten ist, kann es nur mehr bergauf gehen, Marlene. (Eine etwas abgeschmackte Weisheit, aber sie stimmt.) Und diese Wochen im Krankenhaus haben auch ihr Gutes: Sie haben jetzt Zeit. Und diese Zeit brauchen Sie, um Ihre Situation klar sehen und ihr Leben neu ordnen zu können. In so einer Situation findet man überraschenderweise meistens genau jene Ruhe, die einem die Angst vor dem Unglück geraubt hat. Vielleicht können Sie alles einmal sein lassen, so sein, wie es ist. Nicht mehr und nicht weniger.

Ich würde Sie jetzt gern drücken. Ich hoffe, Sie spüren es.

Alles Liebe von Eva

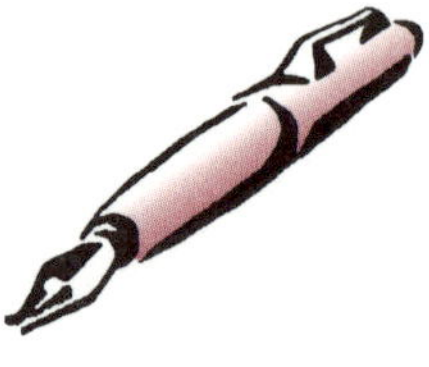

Nach drei Tagen schon kommt eine Antwort von Marlene. Körperlich gehe es wieder aufwärts, ein wenig Übelkeit von den Medikamenten. Ihr Mann sei zwar liebevoll, aber überfordert von der Tatsache, dass sie keine „richtige" Krankheit habe. Ob das vom Wechsel komme und also unter die „Alt-Weiber-Krankheiten" einzuordnen sei, habe er den Arzt gefragt. Der sei ganz schön mit ihm gefahren und habe ihm deutlich gemacht, dass auch er einen nicht unwesentlichen Teil dazu beigetragen habe, dass seine Frau so weit gekommen sei. „Er hat nichts verstanden, er will nur wissen, wann ich wieder nach Hause und arbeiten gehen kann."
Einen Lichtblick gebe es im Moment. „Er ist auch Patient, jung und lustig – und er bringt mich zum Lachen."

Ja, ja, Marlenchen,

dann sind also Hopfen und Malz doch nicht ganz verloren. Das beruhigt mich sehr. Ein Mann, der einen zum Lachen bringt, ist ja wahrlich ein Geschenk des Himmels und genau das, was Sie jetzt brauchen.
Immer, wenn ich einen Brief von Ihnen bekomme, fallen mir Sachen ein, die mir so richtig bewusst machen, wie lange ich schon auf dieser Welt bin. Man hat ja selber kein Gefühl dafür – seltsamerweise. Außer, wenn einem etwas weh tut (im Moment sind es die Beine, die mich ziemlich plagen), dann weiß man es genau …

Was mir eingefallen ist: Wie ich nach meiner Hochzeit ins Haus der Schwiegereltern gezogen bin (tüchtige und erfolgreiche Geschäftsleute, für die es nie einen Urlaub, sondern nur Arbeit, Arbeit, Arbeit gegeben hat) und dann nach der Geburt unseres Sohnes nicht schon am dritten Tag aus dem Wochenbett aufstehen und arbeiten konnte, hat mein Ehemann mit ebenso wenig Verständnis reagiert wie Ihrer jetzt, Marlene. Was lernen wir daraus? Dass sich sowohl Männer als auch Frauen nicht wesentlich „bewegt" haben innerhalb der letzten 50 Jahre. Trotz Frauenbewegung, trotz Gleichberechtigung in vielen Bereichen – in den Köpfen sind noch so viele alte Muster, das macht mich manchmal richtig traurig, denn ich habe auch gekämpft, ich habe mich auch engagiert, ich war auch voller Hoffnung, dass sich das partnerschaftliche Lebensmodell würde durchsetzen können, dass Männer und Frauen, „wenn ich einmal alt sein werde", anders miteinander leben und umgehen würden. Ich bin jetzt alt, aber ich bemerke nicht sehr viele Änderungen. Was sich geändert hat: Die Frauen haben mehr Chancen am Arbeitsplatz, das stimmt schon. Aber das bedeutet in Wahrheit, dass sie den Arbeitsstress jetzt noch dazu haben zur Familienversorgung. Denn ich kann hinschauen, wo ich will: Außer bei einem jungen Paar in meiner Nachbarschaft, wo beide halbtags arbeiten und auch die Familienarbeit gerecht geteilt wird, gibt es weit und breit nur Frauen, die das volle Programm abspulen, und Männer, die kaum daheim sind. Und wenn die Frau auf einmal nicht mehr

funktioniert, dann sieht man die Männer in jeder Hinsicht danebenstehen (so wie den Ihren jetzt).
Also bitte, kränken Sie sich nicht, Marlene, es ist sicher nicht Bosheit, sondern eher Hilflosigkeit, aber es zeigt Ihnen doch, dass Sie Ihre eigenen Bedürfnisse ein wenig mehr berücksichtigen sollten und nicht aus lauter Freude darüber, was Sie noch alles schaffen können, das Maß und vor allem die Gesundheit und Lebensfreude verlieren.
Sie fragen mich, ob ich denn zufrieden sei mit meinem Leben. Ja, das bin ich. Ich freue mich dessen, was irgendein alter Grieche einmal „gelassene Daseinsfreude" genannt hat. Das ist keine Kunst, wenn man frisch und knackig ist. Aber wenn man zum ersten Mal Einlagen braucht, weil es sich nicht mehr verleugnen lässt, dass das, worüber man so ungern mit dem Doktor redet, wirklich Inkontinenz ist, wenn man die meisten Schuhe nicht mehr tragen kann, weil sich die großen Zehen verformen, und wenn man nach einem Abend, der etwas länger als üblich gedauert hat, eine Woche Erholung braucht – und wenn man dann trotz all dem noch immer nicht mit dem Schicksal hadert, dann, Marlene, ist man wirklich ein in Gelassenheit geübtes Glückskind.

Und als solches grüßt Sie
Ihre Eva.

Marlene schreibt eine Ansichtskarte und bedankt sich für den langen Brief und die „höchst notwendige Aufmunterung". In zwei Tagen dürfe sie endlich nach Hause. Ein wenig bedaure sie es, wegen des netten Mitpatienten, dessen Humor ihr besser getan habe als alle Medikamente. Aber daheim sei alles vorbereitet, Sohn und Tochter seien nun sehr fürsorglich, und ihr Mann halte ihr alle familiären Probleme mit den Schwiegereltern vom Leib. Von daheim werde sie sich bald ausführlich melden. Sie habe eine wichtige „Frauenfrage", die sie Eva gern anvertrauen würde. Und: Ob man von den Psychopharmaka abhängig werde? Der Arzt habe ihr strikt untersagt, sie abzusetzen, auch wenn sie sich wieder besser fühle. „Das macht mir Angst."

Liebe Marlene,

um gleich auf Ihre letzte Frage zu kommen: Ich habe leider keine Ahnung, ich habe keinerlei Erfahrung mit derartigen Medikamenten, aber ich würde mich an die Empfehlung des Arztes halten. Sie müssen wieder „herunterkommen", Körper und Geist müssen wieder auf Normalbetrieb umschalten, und ich glaube nicht, dass man eine jahrelang dauernde Überforderung nach einigen Wochen Tablettenschlucken überwunden hat. Das ist aber doch auch nicht alles, oder? Sie gehen sicher zu einer Gesprächstherapie,

und das wird Sie den Boden unter den Füßen sicher bald wieder finden lassen.
Sie haben mir nicht geschrieben, wie Sie sich fühlen, abgesehen von den offenbar guten äußeren Umständen. Haben Sie wieder zugenommen? Ich erinnere mich, dass Sie bei unserem Kennenlernen über die Tatsache verzweifelt waren, dass Sie trotz etlicher Schlankheitskuren beständig zu- anstatt abnehmen. Sie haben damals so schick ausgesehen in Ihrem roten Kleid, und ich habe mir gedacht: „Was will sie denn, um Himmels willen, sie schaut wunderschön aus, weiblich, sexy, echt verführerisch", also, wäre ich ein Mann, ich hätte Sie nicht mehr so schnell aus den Augen gelassen. Aber Sie waren nur mit Ihrem Gewicht beschäftigt und konnten mein Kompliment gar nicht annehmen. Ich glaube, Sie können sich selber überhaupt schwer annehmen, oder irre ich mich?
Ich weiß, das ist keine leichte Zeit, der Wechsel, selbst wenn einem das Älterwerden nicht viel ausmacht, so wie mir. Ich habe fast acht Jahre lang geschwitzt, Tag und Nacht, ich hatte Schlafstörungen und bin ganze Nächte spazieren gegangen, mein ohnehin immer weiches und wabbeliges Bindegewebe wurde noch weicher, und eine Zeit lang (ich denke, es hat fast ein Jahr gedauert) sind mir auch noch die Haare ausgegangen. Nun, das hat sich von selbst wieder gelegt, heute sind sie fast wieder so dicht wie zuvor. Übrigens, sie sind jetzt ganz weiß! Ich habe mit Farbe etwas nachgeholfen, so kann sich das Weiß endlich schön

auswachsen, und ich muss nicht dauernd nachfärben. Aber wieder zurück zum Thema: Zugenommen habe ich natürlich auch damals, innerhalb der acht Jahre an die zehn Kilo, also zwei bis drei Kleidergrößen. Was soll ich Ihnen sagen, anfangs habe ich noch alles Mögliche versucht, abends nichts gegessen, was mir die ganze Lebensfreude genommen hat, dann wieder nur Gemüse und Suppen, öfter als einmal habe ich die Milch-Semmel-Diät gemacht. Es war alles umsonst, ich wurde nicht weniger, dafür aber immer unansehnlicher. Mein Mann schien es gar nicht zu bemerken, vielleicht war ich ihm damals auch schon egal, Tatsache ist, wir haben uns getrennt und zwei Jahre später scheiden lassen. Für mich war es ein Wechsel in jeder Hinsicht. Und dann?
Ich war deutlich über 50, müde, verbraucht, übergewichtig, und meine einzige Freude waren meine Bücher (die zwar meinen Geist, aber nicht meinen Körper in Schuss hielten). Ich habe Ihnen ja schon angedeutet, dass sich damals einiges bewegt hat bei mir. Der körperliche Zusammenbruch, die finanziellen Sorgen, die Familienkrise, es gab keinen Tag ohne mittlere Katastrophe, bis ein neuer Mann in meinem Leben auftauchte. Er hat meine Buchhandlung renoviert (von Berufs wegen) und mich gleich dazu. Er war viel jünger als ich, hatte in seinem Leben noch kein Buch gelesen und war in jeder Hinsicht anders als alle Männer in meiner Umgebung. Marlene, es ist nicht übertrieben, wenn ich sage, dass er mich „wiederbelebt“ hat.

In seiner Welt gab es viel weniger Probleme als in meiner, aus einem einfachen Grund: Er ließ den Dingen ihren Lauf, musste sich nicht unentwegt einmischen, seine Sichtweise durchsetzen. „Schau es morgen noch einmal an, wenn es dann noch hält, tu es", oder: „Gestern war schon, morgen kommt erst, leben kannst du nur heute", das waren seine Lieblingssätze. Aber es waren nicht nur Sätze, er hat das auch gelebt.
Zuerst habe ich mich nicht so sehr in ihn wie in seine Lebensart verliebt. Er war eher spröde, sprach nicht gern über seine Gefühle (im Gegensatz zu meinem geschiedenen Ehemann, der jede Gefühlsregung minutiös analysiert und bewertet hat), aber mit seiner natürlichen Selbstsicherheit vermittelte er eine Geborgenheit, die ich zuvor nie kennengelernt hatte.
Wissen Sie, Marlene, Geborgenheit war für mich immer ein sehr zwiespältiger Begriff. In meiner Generation bedeutete das nämlich für eine Frau fast immer das Sich-Ausliefern, dem Mann völlig ergeben und zu eigen sein. Diesmal war es anders: So selbstverständlich, wie er war, nahm er auch mich. Mein Alter, mein Gewicht, mein „Nicht-mehr-jung-Sein" waren nie ein Thema.
Ich habe alle Diäten aufgegeben, habe nicht mehr versucht, eine andere zu sein, als ich war, ich habe mich damit angefreundet, dass für eine Frau mittleren Alters eben andere Maßstäbe gelten, und ich hatte eine Liebesbeziehung, da würden die Jungen Augen machen … Es wurde eine der

schönsten Zeiten meines Lebens, obwohl nichts an mir mehr so war, wie es meinen eigentlichen Vorstellungen entsprochen hätte.
Was ich damals gelernt habe: Die Vorstellungen sind die großen Verhinderer des Lebens.

Liebe Grüße von
Ihrer alten, neuen Freundin

P.S.: Ich bin schon neugierig auf Ihre „Frauenfrage".

Marlene schreibt einen drei Seiten langen Brief. Beigelegt sind ein Foto von ihren Kindern, eines von Haus und Garten, ein Urlaubsbild, auf dem sie mit ihrem Ehemann zu sehen ist, und, extra in einem kleinen Kuvert, ein Foto von einem etwa 45 Jahre alten Mann, der, an sein Auto gelehnt, lachend in die Kamera schaut. „Das ist er", steht auf der Rückseite. Und: „Bitte wieder zurückschicken."
Sie schreibt, alle seien sehr rücksichtsvoll, aber es fühle sich komisch an, behandelt zu werden wie eine Handgranate, bei der man jeden Moment befürchten muss, sie könne explodieren. Alle, die von ihren Depressionen wüssten, würden nun ein Verhalten an den Tag legen, als müsse man die ganze Welt vor ihr und sie vor sich selber schützen.
Nächste Woche wolle sie im Krankenhaus ihren Dienstbeginn besprechen und so bald wie möglich wieder arbeiten gehen. Die Schwiegermutter habe ihr übrigens ausrichten lassen, sie solle Baldrian nehmen und ihren Ehemann nicht auch noch mit ihren „Zuständen" belasten, der habe ohnehin genug um die Ohren. „Aber das nehme ich nicht mehr ernst."
Und die „Frauenfrage": Seit mehr als drei Jahren habe sie keine Lust mehr, mit ihrem Mann zu schlafen. Zuerst habe sie es trotzdem getan, aber seit zwei Jahren läuft nun gar nichts mehr. Er leide darunter, aber ihr fehle es gar nicht. Andererseits, das könne es doch noch nicht gewesen sein, mit knapp 50. Ob das normal sei und wann denn Eva „damit" aufgehört habe. Es sei ihr zwar peinlich, das zu fragen, aber „mit wem kann man schon über solche Dinge reden"? Sie wüsste sonst niemand außer Eva.

Liebe Marlene.

So etwas in der Art habe ich fast erwartet. Aber bevor ich Ihnen antworte, möchte ich eine Frage stellen: Was ist nun mit dem netten Herrn vom Foto? Bringt er Sie noch zum Lachen, oder hat es sich ausgelacht?
Gerade jetzt in Ihrer häuslichen Quarantäne, wo Sie vom echten Leben abgeschirmt werden, täte Ihnen das wirklich gut, ab und zu wieder Lebenslust zu tanken! Aber das wissen Sie doch selber am besten, glaube ich.
Ja, und jetzt zum heiklen Thema: Sex im Alter! (Ab wann ist man denn alt?) So würden es aber wahrscheinlich Ihre Kinder bezeichnen, wenn man darüber reden könnte, was man aber nicht tut und nicht darf, Gott bewahre!
Ich weiß, die Jungen empören sich darüber, dass es Mittvierziger gibt, die noch miteinander ins Bett gehen, und alles, was noch älter ist, soll gefälligst Rad fahren oder mit Stöcken durch die Gegend ziehen, aber bitte keine sonstigen körperlichen Bedürfnisse mehr haben. Woher ich das weiß, Marlene? Von meinen eigenen Kindern und den Erfahrungen aus jener Zeit, in der ich besagten jüngeren Freund hatte. Die haben sich aufgeführt, als würde ihre Mutter illegale Drogen am Schwarzmarkt verkaufen, als wäre ich über Nacht kriminell geworden. Damals war das wohl noch ein wenig ungewöhnlicher als heute, immerhin

liegt es rund 20 Jahre zurück, aber ich fürchte, da hat sich nicht viel verändert. Warum Sie darüber mit niemandem (außer mir) reden wollen, verstehe ich nur zu gut.
Die Vorstellungen sind die großen Verhinderer unseres Lebens, habe ich Ihnen letztes Mal geschrieben.
Sie stellen sich vor, sie müssten Lust haben, haben aber keine, dafür aber ein ausreichend schlechtes Gewissen.
Und dann stellen sie sich auch gleich dazu noch vor, das sei nicht normal. Marlene, „normal" gibt es nicht!
Was für Sie gilt, kann, aber muss nicht für andere gelten.
Sie allein sind das Maß Ihrer Dinge, und dass das Kapitel Sexualität für Sie erledigt ist, glauben Sie doch selber nicht, oder?
Wenn ich mir die Vermutung erlauben darf: Sie fühlen sich, nach all dem, was ich so mitbekommen habe, seit einiger Zeit nicht mehr als attraktive Partnerin, Sie glauben offenbar, Männer schauen beim Sex darauf, ob Frauen Cellulitis an den Schenkeln und Speckfalten am Bauch haben. Ist es nicht so? Aber die gute Nachricht der weisen alten Frau mit viel Lebens- und ein wenig Liebeserfahrung: Das ist denen vollkommen egal! Männer sind viel entspannter, als wir Frauen glauben würden, den meisten Krampf machen wir uns selber. Also, ruhig bleiben, meine Liebe! Die Lust kommt und geht wie die Gezeiten (Sie treiben mich noch zu poetischen Höhenflügen!), und je weniger Bedeutung Sie der Sache geben, desto leichter wird sich eine Lösung finden.

Wenn Ihnen beiden die Freude am zärtlichen Umgang miteinander nicht abhanden gekommen ist, genügt das doch erst einmal.
Damit zu Ihrer letzten Frage. Die Antwort ist einfach: Ich habe „damit“ zwischendurch immer wieder, aber endgültig noch nicht aufgehört.
Sie sehen: Die Hoffnung lebt!
Und ich freue mich auf Post von Ihnen.

Ihre Eva

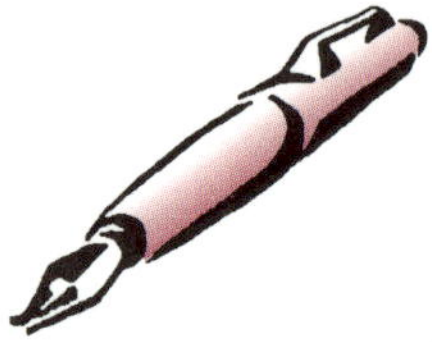

Marlene bedankt sich für den Brief.
Offen über Probleme zu sprechen oder zu schreiben, sei in ihrer Familie nicht möglich und auch für sie selbst immer noch schwierig. Oberstes Prinzip sei, nur nichts nach außen zu tragen, und in diesem Sinn werde auch ihre Depression außerhalb des engsten Familienkreises totgeschwiegen. Und Beziehungsprobleme seien ohnehin tabu.
Sie wolle den Dingen nun einmal ihren Lauf lassen, und Eva habe wohl Recht mit ihren Vermutungen, dass sie zu strenge Maßstäbe an sich selbst anlege, das zu ändern werde sicher ein mühevoller Lernprozess.
Sie wundere sich, dass Eva, die ja ungefähr gleich alt wie ihre Mutter ist und auch ähnlich streng erzogen wurde, eine so freie und unabhängige Persönlichkeit geworden sei. Wenn sie die beiden Frauen vergleiche, könne sie kaum glauben, dass sie der gleichen Generation angehören.
Warum Eva so wenig über ihre Kinder erzähle? „Ist es nicht so, dass man mit zunehmendem Alter immer mehr darunter leidet, wenn man sie so selten sieht?“ Sie selbst fühle sich oft sehr einsam im großen Haus und vermisse die Kinder sehr.
In drei Tagen beginne sie wieder zu arbeiten, und sie freue sich sehr darauf. Und den Herrn, der sie zum Lachen bringt, habe sie im Krankenhaus besucht. Er habe sich sehr gefreut „und ich mich auch“.

Meine liebe Marlene.

Bitte entschuldigen Sie, dass ich mich erst jetzt melde, aber in den vergangenen 14 Tagen war ich nicht in der Lage, Ihnen zu schreiben. Ich war schon versucht, mich telefonisch zu melden, aber wir hatten ja ausgemacht, dass wir beim Briefeschreiben bleiben und uns nur in einem Ernstfall anrufen.

Es hat mich ordentlich erwischt! Ich habe mich wohl beim Schwimmen erkältet (einmal in diesem Sommer wollte ich unbedingt noch den See genießen) und bekam Husten und so hohes Fieber, dass mich mein Hausarzt ins Krankenhaus einliefern ließ, er vermutete eine Lungenentzündung, womit er leider Recht hatte.

Seit gestern bin ich wieder daheim, aber so schwach und elend, dass ich mir jeden Schritt dreimal überlege, bevor ich ihn mache. Seit ich allein lebe (und das sind mittlerweile fast 16 Jahre), habe ich eine Art „Alarmsystem“ in meiner Wohnung eingerichtet, das heißt, ich kann in jedem Zimmer telefonieren, falls mir etwas passiert. Auch wegen meiner Probleme mit den Nieren, die manchmal plötzlich auftreten können und extreme Schmerzen verursachen, braucht man die Sicherheit, so schnell wie möglich die Rettung rufen zu können. Das hilft mir auch jetzt, denn mir ist so schwindlig, dass ich im Ernstfall nicht weit zum Telefon gehen könnte.

Sie sehen, es braucht eine eigene Logistik, um als älterer oder alter Mensch allein bleiben zu können, wenn man das will. Und ich will das unbedingt.
Ich bin sehr gern allein und vermisse, ehrlich gesagt, niemanden. Das heißt nicht, dass ich eine Eigenbrötlerin bin, die sich von der Welt abschottet. Ich habe seit mehr als 40 Jahren eine wunderbare Freundin, mit der ich über alles, aber wirklich alles, sprechen kann und die mich kennt wie niemand anderer, ich habe meine Frauenrunde, und ich habe einen „Lebensmenschen", der immer da war, mit dem ich auch während meiner Ehen und der darauffolgenden Lebensgemeinschaft in Kontakt blieb (auch er war zweimal verheiratet). Er hat schon vor 50 Jahren gesagt, wir zwei würden einmal zusammenkommen und gemeinsam alt werden, ich habe immer darüber gelacht, aber irgendwie hat er doch Recht behalten. Wir haben zwar nie in einem gemeinsamen Haushalt gelebt, das würde meinem Bedürfnis nach Freiraum und Unabhängigkeit auch widerstreben (seinem übrigens auch), aber der Gedanke, er könnte vor mir gehen und einmal nicht mehr da sein, macht mich ganz unruhig.
Aber Ihre Frage galt ja meiner Beziehung zu den Kindern. Die habe ich nach einem langwierigen Prozess mit vielen Kränkungen auf beiden Seiten endlich loslassen können. Ich war eine echte Glucke, und je mehr Probleme es in meinen Partnerschaften gab, desto intensiver habe ich mich an die Kinder gehängt, sie bemuttert, bevormundet, überbetreut. Ich war verzweifelt, als sie nach ihrem Schulabschluss beide

das Weite suchten, ich konnte aus Angst, was ihnen alles passieren könnte, monatelang nicht richtig schlafen, ich, die ich immer so sehr um meine eigene Unabhängigkeit und Autonomie gekämpft hatte, wollte sie den Kindern nicht zugestehen.
Erst als sie das Telefon nicht mehr abhoben, sich wochenlang nicht mehr meldeten, sah ich ein, dass es so nicht weitergehen konnte. Es wurde mir nach und nach klar, dass sie ganz gut in der Lage waren, ihr Leben zu meistern, auch wenn sie es in vielerlei Hinsicht anders taten, als ich es mir vorgestellt hatte. Das ewige Thema Vorstellungen!
Kurz und gut (ich muss leider aufhören, mein Kreislauf lässt mich wieder im Stich, und ich lege mich lieber ins Bett), wir haben einen guten Weg gefunden, miteinander umzugehen, sie mischen sich in meine Angelegenheiten nicht ein und ich mich nicht mehr in ihre, wenn wir einander brauchen, sind wir selbstverständlich füreinander da.
Bis bald einmal, liebe Marlene, und machen Sie sich nicht so viele Sorgen, die Kinder „falsch“ erzogen zu haben, ich glaube, erziehen ist an sich schon ein Unsinn. Wenn was funktioniert, dann nur das Vorbild, und da wir alle sind, wie wir sind, können wir nur das Beste hoffen.

Ihre Eva

Marlene schickt ein kleines Paket mit Nahrungsergänzungsmitteln, das auch ihre Patienten im Krankenhaus zur Stärkung des Immunsystems bekommen. Sie sei wieder im Dienst, die Arbeit mache zwar große Freude, erschöpfe sie aber körperlich nach wie vor sehr. Daheim angekommen, wolle sie nur mehr schlafen. Das sei zur Zeit schwierig, da ihre Mutter für einige Tage bei ihnen wohne. Grund sei der Krankenhausaufenthalt ihres Vaters, er müsse sich einer Herzoperation unterziehen. Ein wenig viel sei das alles zusammen, aber was solle sie tun? Die Mama im Hotel wohnen lassen? Irgendwie werde es schon gehen, das Glück sei, dass ihr Ehemann sich mit seiner Schwiegermutter gut verstehe und mit Begeisterung alles esse, was sie kocht und bäckt. Eine kleine Auseinandersetzung habe es allerdings schon gegeben: „Mama wollte das Haus putzen, aber das kommt für mich nicht in Frage, das ist eine Grenzüberschreitung!" Immerhin habe sie sich getraut, das zu sagen.
Die Tabletten nehme sie übrigens immer noch, ohne sie würde es zur Zeit auch gar nicht gehen.

Liebe Marlene,

wir haben wohl beide schon bessere Zeiten gesehen, wie es scheint!
Mein lieber „Lebensmensch" hat mich gerade verlassen (nur für heute!), und er war ganz entsetzt über mein Aussehen. Ich bin ziemlich eingegangen in den letzten Wochen, habe auch einige Kilo abgenommen und schaue wirklich wie ein uraltes Weiblein aus. Ungeheuerlich, wie schnell man abbaut in meinem Alter! Aber die Lunge scheint wieder in Ordnung zu sein, das ist die Hauptsache, und dank Ihrer „Vitalisierungstabletten" werde ich wohl bald wieder ein wenig zulegen. Danke vielmals dafür! Wenn ich mich nur überwinden könnte, ein wenig Bewegung zu machen! Ich bin einfach zu schlapp, es geht im Moment gar nichts. Aber jetzt genug gejammert und zu Ihnen, liebe Freundin.
Was wollen Sie sich denn noch alles aufhalsen? Jetzt ist an der Schwiegerelternfront einmal Ruhe eingekehrt, Sie haben sich so halb und halb erfangen – und nun das? Ist schon klar, dass Sie Ihre Mutter nicht ins Hotel schicken wollen, aber das darf doch nicht bedeuten, dass Sie das Maß an Ruhe nicht haben, das Sie jetzt dringend brauchen! Sie sind noch nicht gesund, Marlene, und Sie müssen nicht schon wieder beweisen, dass Sie alles schaffen! Sie haben doch gesehen, wohin das führt. Ich bitte Sie um Ihrer selbst

willen, verlassen Sie sich nicht allein auf Ihre Tabletten, sondern gönnen Sie sich die notwendigen Erholungsphasen. Ihre Mutter wird das sicher verstehen, wenn sie ihr reinen Wein darüber einschenken, wie es Ihnen in den letzten Wochen ergangen ist. Ich bin fast sicher, dass Sie den Eltern gegenüber Ihre Erkrankung heruntergespielt haben, oder etwa nicht? Die Wahrheit ist den Menschen zumutbar, und es ist einfach unabdingbar und manchmal – so wie bei Ihnen jetzt – eine Überlebensfrage (ich übertreibe absichtlich), sie auch auszusprechen.

Ich habe es ja auch erlebt und praktiziert, dieses Kokettieren damit, wen man womit belasten darf oder auch nicht. Den Kindern sagen wir lieber nicht, wie es uns wirklich geht, sonst machen sie sich Sorgen, den Eltern sowieso nicht, bei den Freunden dosieren wir sorgfältig und so weiter. Was soll denn das? Kein Wunder, dass irgendwann keiner mehr fragt, wenn man ohnehin nur zu hören bekommt, es sei eh alles in Ordnung, und „macht euch keine Sorgen, es geht schon". Das ist doch nur Wichtigmacherei, ein „Die-anderen-immer-im-Ungewissen-Lassen".

Tun Sie das nicht, Marlene, reden Sie Klartext mit Ihrer Mutter, das bedeutet ja auch, dass sie von Ihnen als Person ernst genommen und nicht als jemand hingestellt wird, dem man nicht zutraut, mit bestehenden Tatsachen vernünftig umzugehen.

Weil es mir gestern beim Aufräumen wieder einmal in die Hände gefallen ist: Kennen Sie das Buch „Das Drama des

begabten Kindes" von Alice Miller? Wenn nicht, dann sende ich es Ihnen gerne zu. Ich war genau so ein Kind, und ich fürchte, fast jeder findet sich darin wieder.
Aber vielleicht sollten Sie zur Zeit eher etwas anderes lesen, etwas, das Sie ein wenig ablenkt von den täglichen Sorgen. „Der Schatten des Windes" von Ruis Zarfon ist sehr schön und entführt Sie nach Barcelona, auf einen „Friedhof der vergessenen Bücher". Eine wunderbare Geschichte, die mögen Sie sicher!

Alles Liebe wünscht Ihre
derzeit noch etwas
„marode" Freundin Eva.

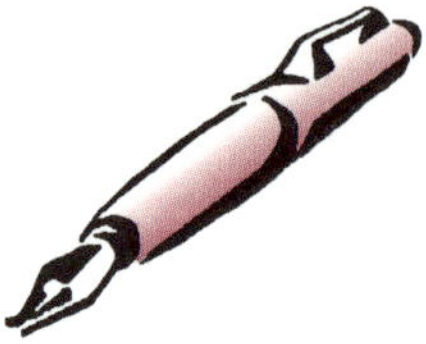

Zwei Wochen kommt keine Post von Marlene.
Dann eine Karte mit der kurzen Nachricht, dass der Vater erfolgreich operiert sei und bereits in wenigen Tagen nach Hause dürfe. Die Mutter sei fast die ganze Zeit im Krankenhaus bei ihm, das erleichtere die Situation daheim.
Ob Eva ihr das Buch von Alice Miller schicken könne? „Schatten des Windes“ habe sie in der Buchhandlung bekommen.
Eine ganz wichtige Frage habe sie auch noch: Ob denn Eva sich auch vor dem Altwerden (oder besser gesagt „Noch-älter-Werden“) so fürchte? Mama habe ihr nämlich jetzt zwei Wochen lang vorgejammert, dass sie schon „lieber nicht mehr sein wolle“, weil alles so beschwerlich wird, weil man „nicht mehr so richtig dazugehört“. Sie habe die Ängste, die sie selber davor hat, so richtig geschürt.
Wenn Eva noch etwas brauche zur Stärkung, sie könne ihr jederzeit Nachschub schicken. Ihr selbst ginge es deutlich besser, körperlich und seelisch.

Marlene,

zunächst lieben Dank für die Anteilnahme und Fürsorge. Es geht wieder aufwärts, wenn auch nur langsam. Apropos aufwärts! Habe ich Ihnen geschrieben, dass ich im zweiten Stock wohne? Und das ohne Lift! Und zwar in jenem Haus, wo sich im Parterre „meine“ Buchhandlung befindet (heute geführt von einer reizenden jungen Frau aus Tschechien, die selber Autorin ist). Auch wenn das Stiegensteigen äußerst mühsam geworden ist, ich möchte aus dieser Wohnung nicht ausziehen. Zumindest jetzt noch nicht. Das ist übrigens immer wieder ein Streitpunkt mit meinen Kindern. Die hatten sogar schon einmal eine Parterrewohnung für mich ausgesucht (ohne mein Wissen), das war noch vor meinem Fahrradunfall. Ich war damals wirklich empört, dass sie mich derart entmündigen wollten und dann noch beleidigt waren, weil ich das Angebot nicht annehmen wollte. Ich habe ihnen dann auf den Kopf zugesagt, sie hätten das alles nicht für mich, sondern für ihr eigenes „Seelenheil" unternommen, so unter dem Motto: Jetzt bist du sicher untergebracht, wenn das nicht mehr geht, suchen wir einen Platz im Altersheim, und wir sind aus dem Schneider, denn wir haben alles Nötige veranlasst. Natürlich haben sie es bestritten, sie wollten – na klar – „nur mein Bestes", aber was das ist, bestimme noch immer ich. Versuchen Sie so etwas ja nie mit ihren Eltern, Marlene! Da können wir Alten nämlich richtig giftig werden. Nur weil wir nicht mehr gut zu Fuß sind, langsamer und umständlicher geworden sind und auch schon allerhand vergessen, sind wir noch lange keine Idioten, denen man vorschreiben muss, was ihnen guttut. Ich weiß schon, das nennt man dann „Altersstarrsinn", und da wird schon etwas dran sein, aber auch die Jugend lässt sich nicht gern das Heft aus der Hand nehmen, aber im Gegensatz zu den Alten wird bei ihr der eigene Standpunkt voll akzeptiert.

Vielleicht fürchtet sich Ihre Frau Mutter auch aus diesem Grund so vor dem Älterwerden. Das kann ich gut verstehen. Denn es bedarf eines gesunden Selbstbewusstseins, sich gegen diese Vereinnahmung und Abwertung durchzusetzen. Und viele haben ein Leben lang nur gelernt, brav den Mund zu halten und dankbar zu sein (vor allem in meiner Generation).
Sie sind doch Krankenschwester und kennen sicher auch die Redensart mancher Pflegender: „Na, wie geht's uns denn heute?"
So reden die nur mit den Alten, und das habe ich mir letztes Mal verbeten. „Wie es um SIE steht, weiß ich nicht, aber Sie können es mir gerne erzählen, wenn Sie wollen, Schwester Karin. Und wenn Sie MEIN Befinden interessiert, bitte fragen Sie einfach: Wie geht es IHNEN?"
Das hat gewirkt. Und auch, dass ich dem Arzt gesagt habe, ich sei durchaus imstande, meinen Befund zu verstehen, wenn er mir genau erklärt, was nun mit mir sei. Schließlich geht es um meinen Körper und nicht um ein geheimnisumwobenes Studienobjekt. Aber da bin ich die Ausnahme, viel zu viel Alte lassen sich übertölpeln und für dumm verkaufen, obwohl sie es durchaus nicht nötig hätten. Leider sind vor allem viele Frauen meiner Generation noch so obrigkeitsgläubig und verschreckt, dass man glaubt, sie wie Unmündige behandeln zu können.
Frauen, die so viel geleistet haben in ihrem Leben, die schlimme Notzeiten nach dem Krieg überstanden, ihr

Schicksal bewundernswert gemeistert haben, lassen sich da von jungen, arroganten Schnöseln beiderlei Geschlechts mundtot machen, das macht mich wirklich böse, Marlene! Ob ich mich vor dem Alter fürchte, haben Sie mich gefragt. Da gibt es so viel zu schreiben, dass ich um Geduld und Nachsicht bitte, ich muss mich nämlich wieder ein wenig ausruhen. Meine Freundin bringt den Brief heute noch zur Post, morgen fange ich einen neuen an und schreibe Ihnen, was Sie wissen möchten.

Schnell erschöpft ist man im Alter, leider auch beim Denken! Aber das ist ganz normal, weiß Ihre Eva.

Guten Morgen, liebe Marlene,

es ist erst 6 Uhr, ich habe ganz gut geschlafen und mich beim Munterwerden gleich daran erinnert, dass ich Ihnen heute über meine Erfahrungen mit dem Altwerden schreiben will.
Eine wichtige Erfahrung ist: Man freut sich sehr, wenn man aufwacht und es tut einem nicht allzu viel weh! Was man in der Jugend als ganz selbstverständlich nimmt, ist im Alter ein Geschenk! So gesehen, ist das Altwerden ein echtes Glück, denn es ist die einzige Möglichkeit, sich vieler Dinge bewusst zu werden, auch wenn die Erfahrung manchmal – im wahrsten Sinn des Wortes – wehtut.
Ich muss lachen, wenn die Mediziner nicht müde werden, uns davor zu warnen, dass die Zahl der demenzkranken Menschen in den kommenden Jahrzehnten dramatisch ansteigen wird. Ja klar wird sie das! Demenz ist eine Alterskrankheit, und würden nicht immer mehr Leute sehr alt, gäbe es auch nicht so viele Demente. Gäbe es nicht so viele Motorradfahrer, gäbe es auch nicht so viele tödliche Motorradunfälle. No risk, no fun, würden meine Enkel sagen, das gilt da wie dort.
Was ich damit sagen will: Wenn wir mit allen Mitteln versuchen, sehr alt zu werden, gehen wir auch ein Risiko ein, nämlich mit Krankheiten und Zuständen konfrontiert zu werden, die hauptsächlich im hohen Alter auftreten.

Wovor ich mich wirklich fürchte (aber das hat nicht so sehr mit dem Alter zu tun, diese Angst hatte ich schon immer), ist ein Schlaganfall, der mich ans Bett fesselt und mich zum handlungsunfähigen Pflegefall macht. Aber das kann, wie ich aus tragischen Beispielen in meiner eigenen Umgebung weiß, in jedem Alter passieren. Diesbezüglich bin ich auf der Hut, achte auf meinen Blutdruck und versuche, mögliche Risikofaktoren zu minimieren, aber ich bin mir darüber im Klaren, dass es trotzdem passieren könnte. Aber sonst?
Ich bin in der glücklichen Lage, mit den Augen noch keine Probleme zu haben – als leidenschaftliche Leserin schätze ich diese Tatsache besonders. Eine Bekannte – sie ist drei Jahre jünger als ich – ist bereits auf eine Lupe angewiesen, um die Zeitung so recht und schlecht lesen zu können. Das hat mir einen großen Schock verpasst, ich hatte sogar Albträume, in denen meine Bücher vor mir auf dem Tisch lagen und ich konnte nicht einmal die Titel lesen. Da wurde mir bewusst, wie wichtig es für mich ist, noch lesen zu können, aber auch, dass ich mich mit dem Gedanken befassen muss, wie es weitergeht, wenn das Augenlicht einmal versagen sollte. Und da habe ich mir zunutze gemacht, dass meine Kinder ohnehin nie wissen, was sie mir zu irgendwelchen Festtagen schenken sollen, und habe mir eine SAT-Anlage gewünscht, nicht um fernzusehen, sondern um alle möglichen Radioprogramme empfangen zu können. Es gibt so wunderbare, interessante Sendungen, gerade auch für uns Ältere und Alte (wir haben ja wieder Zeit zum Zuhören!),

und was jetzt eine schöne Alternative zum Lesen ist, muss später, wenn es mit den Augen nicht mehr funktionieren sollte, ein kleiner Ersatz dafür sein. Liebe Marlene, ich weiß natürlich, einen wirklichen Ersatz für ein Buch wird es für mich nie geben. Aber man wird (hoffentlich noch) sehen, was kommt, es hat jedenfalls keinen Sinn, mit dem Leiden zu beginnen, bevor noch etwas passiert ist (das tut ihre Mama offenbar, so wie Sie mir das beschrieben haben).
So stelle ich mich in verschiedenen Lebensbereichen um und wundere mich immer wieder, wie wenige meiner Bekannten sich zu ähnlichen Überlegungen und Adaptionen durchringen können. „Mit meinem Mann darf ich von so was gar nicht reden, der will nichts hören vom Altwerden", sagte mir meine Freundin kürzlich, als wir darüber sprachen, ob es nicht sinnvoll wäre, in ihrem Haus einen Treppenlift einbauen zu lassen, nachdem sie selbst schon zweimal auf der Treppe gestürzt war.
Er will nicht reden über das Altwerden! Darüber braucht er auch nicht mehr zu reden, er IST alt! Besagter Herr wird in Kürze 84, ist zwar noch recht rüstig und sieht immer noch gut aus, aber was glaubt er denn?
Sehen Sie, Marlene, diese Verleugnung der Tatsachen, diese Ignoranz der Realität gegenüber, das ist es, was mich bei meinen Altersgenossen manchmal wirklich rasend macht. Wobei man ehrlich sagen muss, dass eine 50-Jährige, die sich anzieht wie ein Teenager ja auch nichts anderes tut, nur, dass sie sich mit ihrer Dummheit keinen körperlichen Schaden

zufügt, zum Unterschied von den Alten, die mit großer Wahrscheinlichkeit irgendwann so stürzen, dass mehr passiert als nur eine Hautabschürfung.
Aber da könnten Sie mir aus Ihrer Praxis mit alten Patienten noch viele andere Beispiele nennen, da bin ich sicher.
Meine Erfahrung ist, man müsste sich viel weniger fürchten vor dem Altwerden, wenn man sich besser darauf einstellen würde. Dass viele Älterwerdende geradezu fanatisch nur auf Gesundheit fixiert sind, anstatt in das Hirn hineinzulassen, dass auch Krankheit und Schwäche kommen werden, so sicher wie nur etwas, wenn man alt wird, ist geradezu pervers. Sie nehmen sich damit die Möglichkeit, rechtzeitig vorzusorgen, selber zu bestimmen, wie es gehen wird, wenn einiges nicht mehr oder anders geht als früher.
So gern ich mich mit meinen Freundinnen unterhalte – wir haben ähnliche Erinnerungen, sind in derselben Zeit aufgewachsen, das ist schon sehr wichtig, dass man sich noch so austauschen kann –, manchmal gehen sie mir mit ihren Krankengeschichten richtig auf die Nerven. Mir geht's doch auch nicht immer gut, aber das Gejammere macht uns nicht gesünder, im Gegenteil.
Wir sollten, glaube ich, öfter innehalten und einen ehrlichen Blick auf unser Leben werfen. Und nicht nur in unserer eigenen Suppe kochen, sondern auch ein wenig schauen, wie es anderen Alten geht.
Wenn ich, was natürlich auch vorkommt, ein wenig mit mir und der Mühsal des Alters hadere, dann hadere ich eben, und

meistens bin ich dann sehr dankbar, dass es so ist, wie es ist. Am Ende seines Lebens ist jeder das, was er geschaffen, gedacht und geliebt hat. Und zu einem Leben gehören nicht nur die vitalen, aktiven Jahre. Also sollte man das Alter besser nicht mit „Granteln“ verbringen,

meint Ihre
(meist) furchtlose Freundin Eva.

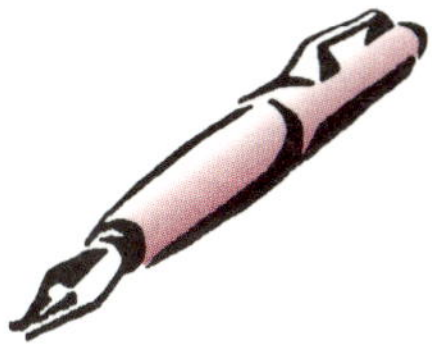

Marlene schreibt nach zwei Wochen einen langen Brief. Sie habe – auch durch das zeitweilige Zusammenleben mit der Mutter – über viele Fragen nachgedacht, die sich in den nächsten Jahren auch für sie stellen würden. Leider gingen ihre Eltern mit dem Altwerden ganz anders um als Eva, sie würden es so gut wie möglich ignorieren, und außer dem schon erwähnten Jammern der Mutter über alles Mögliche (Marlenes Ansicht nach die Vorstufe zu einer Depression, was die Mutter mit dem Kommentar, sie sei doch nicht deppert, abtut) gebe es keine Chance, vernünftig darüber zu reden und sinnvolle Vorkehrungen zu treffen. Allein der Hinweis, sie solle sich für praktische Dinge, die bis dato nur der Vater erledigt hat, zumindest interessieren, sollte sie „allein ankommen" (Anlass war eben die Herzoperation des Vaters), löste einen Streit aus, in dessen Folge der Vater meinte, man solle die Mama in Ruhe lassen, schließlich habe er noch nicht vor, so bald zu sterben. „Was nützt es, wenn sie so tun, als würden sie ewig leben. Wir sind doch letztlich dann zuständig dafür, die Dinge zu regeln, und wenn wir uns jetzt bemühen, zu erfahren, wie sie es gern haben würden, was sie brauchen, sind sie beleidigt." Sie habe sich auch ernsthaft mit der Frage auseinandergesetzt, ob sie die Eltern im Fall das Falles zu sich nehmen und pflegen könne (gerade von ihr als Krankenschwester würde das wohl als selbstverständlich erwartet), und sie sei zum Ergebnis gelangt, dass sie das nicht aushalten würde. „Das sage ich aber nur Ihnen, Eva, ich fühle mich nämlich gar nicht gut dabei!" Nicht in erster Linie wegen der körperlichen Anstrengung, eher wegen der gravierenden Auffassungsunterschiede in allen Lebensbereichen würde es nicht gehen. „Es wäre nur eine Quälerei für beide Seiten, auf der Strecke bleiben würde das, was wir jetzt füreinander empfinden, da bin ich sicher."

Wie denn Eva diesem Problem begegnet sei? Und wie sie es für sich selber haben möchte, dann, wenn sie auf Hilfe angewiesen sein werde? „Ihnen kann ich diese Frage ja stellen, ohne Angst, Sie würden sofort beleidigt den Kontakt mit mir abbrechen.“

Liebe Marlene.

Da geht es jetzt ans „Eingemachte“, wie man so schön sagt. Man kann sich ja ganz gut durchschwindeln, oberflächliche Gespräche führen, Streitthemen aus dem Weg gehen, den Mund halten, auch wenn man seine Meinung sagen möchte, sich seinen Teil denken, seltener auf Besuch kommen, sich und den anderen die heile Familie vorspielen, einfach auch, um selber Ruhe zu haben.
Das geht, wenn man halbwegs diszipliniert ist und kein Streithansel, wenn man gelernt hat, manchmal still zu sein, obwohl man etwas sagen möchte, und einem der eigene Seelenfrieden wichtig ist.
Man gewöhnt sich an diese „Scheinharmonie“, und wenn dann die Anforderung kommt, mit der Sie sich jetzt auseinandersetzen, dann getrauen sich viele nicht, diese jahrzehntelang geübte „Oberflächenbeziehung“ zwischen Jung und Alt so zu sehen, wie sie wirklich ist, nämlich als nicht tragfähig für ein tägliches Zusammenleben.

Sie haben völlig Recht, Marlene, es würde nicht klappen. Sie würden weder sich noch den Eltern – um wen es auch immer gehen möge, spielt dann keine Rolle – einen Gefallen tun. Von der Familie und den Freunden könnten dann Aussagen kommen wie: „Ihr habt euch doch immer gut verstanden, wie kannst du jetzt deine Mutter im Stich lassen ...", das war bei mir so, und obwohl ich darauf vorbereitet war, es hat mich doch gekränkt.
Denn keiner von denen, die sich da alteriert haben, wusste wirklich Bescheid über unsere Beziehung, aber alle glaubten zu wissen und mir sagen zu müssen, „was sich nun gehört", nämlich dass ich meine Mutter hätte zu mir nehmen und betreuen sollen. „Du hast doch genug Platz!" Als ob es in erster Linie darum ginge!
Sehr oft erkennen Eltern und Kinder erst in dieser Lebensphase der Alten wirklich, wie die Beziehung beschaffen war und ist. Ob man einander ein Leben lang etwas vorgespielt hat, um ein Konzept zu erfüllen, das nur dazu da ist, den Anforderungen der Gesellschaft zu entsprechen, die sich zu gern das gelungene Zusammenleben der Generationen vorspielen lässt oder nicht.
Auch bei uns wurde dieser Schein aufrechterhalten, obwohl Mutter und ich nie einen Draht zueinander hatten und ich auch nie in der Lage war, ihre Erwartungen zu erfüllen. Eine Beziehung auf Augenhöhe gab es nie, sie konnte mich nicht als ebenbürtige Partnerin sehen, immer – bis zum Schluss – war sie der Meinung, dass unsere Missverständnisse daher

rührten, dass die Tochter „vieles einfach nicht versteht oder nicht verstehen will“.
Als sie pflegebedürftig wurde, wollte sie – wider besseres Wissen, aber um für die Umwelt den Schein zu wahren – zu mir ziehen. Ich würde nicht belastet, meinte sie, sie würde eine Pflegerin engagieren, es ginge nur darum, dass sie nicht allein bleiben müsse, und räumlich dürfte das in meiner großen Wohnung doch kein Problem sein.
„Ich habe dich großgezogen und versorgt, jetzt bist du an der Reihe.“
Mein Bruder wurde in ihre Überlegungen natürlich nicht mit einbezogen, obwohl er ihr absoluter Liebling war, denn „das ist ja wohl Frauensache, bei mir hat auch keiner gefragt, ob ich Mutter und Schwiegermutter versorgen will …“.
Liebe Marlene, Sie sehen, welche Abgründe sich da auftun und wie viel Courage es bedarf, sich in so einem Fall treu zu bleiben und das zu tun, von dem man weiß, dass es das Richtige ist.
Ich bin mir tatsächlich schäbig vorgekommen, nachdem ich meiner Mutter klipp und klar gesagt hatte, ich könne und wolle sie nicht zu mir nehmen. So, als hätte ich mein Kind weggelegt. Und genauso hat sie mich fortan auch behandelt. Dabei wusste sie so gut wie ich, dass wir uns vom ersten Tag an gegenseitig „zerfleischt“ hätten. Aber das wäre ja „intern“ passiert, und nach außen hätten wir das abgegeben, was sie vorzeigen wollte: eine solide und gute Mutter-Tochter-Beziehung.

„So hab ich sie erzogen, kein Wunder also, dass alles so gut klappt."
Denn so war es immer:
Wenn mir etwas gelungen ist, hat sie sich das auf ihre Fahnen geheftet und ihre gute Erziehung dafür verantwortlich gemacht. Sie hat mit meinen Leistungen angegeben, ohne etwas von mir zu wissen.
Es hat immer nur der Schein gezählt, es ging nie um mich, nur um die Bestätigung ihres Bildes von mir. Wenn Sie das Buch von Alice Miller gelesen haben, liebe Marlene, werden Sie verstehen, was ich meine.
Aber das wusste ich damals schon, die diesbezügliche Trauerarbeit war schon geleistet, ich hatte die Kraft zu sagen: NEIN.
Meine Mutter hat noch acht Jahre in einem Seniorenheim gelebt, wo ich sie regelmäßig besucht habe, jede Woche mindestens einmal.
Nach anfänglicher Ablehnung und immer wiederkehrenden Vorwürfen, dass ich sie „herzlos abgeschoben" hätte, dass ich meine Pflichten als Tochter nicht erfülle, wurde unser Verhältnis in den letzten Jahren vor ihrem Tod wieder besser. Nicht inniger, das wäre zu viel gesagt, aber, Gott sei dank, doch erträglich.
Aber offenbar konnte sie sich irgendwann von ihrer Vorstellung trennen, dass sie es bei mir schöner gehabt hätte. Dass mein Bruder kaum zu Besuch kam, ließ sie spät, aber doch auch darüber nachdenken, welche Position

sie im Leben ihres Lieblings, wie sie ihn immer nannte, in Wahrheit hatte.
Liebe Marlene, ich habe mich nach ihrem Tod oft gefragt, warum ich sie nicht vermisse, warum sie mir nicht fehlt, gar nicht. Ein Freund, dem ich erzählt hatte, dass mich diese Tatsache doch sehr irritiert, hat gelacht und gemeint: „Du kannst etwas nur vermissen, wenn du es einmal gehabt hast!“
Es stimmt. Ich hatte sie nie, nicht als Stütze, nicht als Vertraute, später auch nicht als Freundin. Ich hatte eine Versorgerin und Erzieherin, die mich auf ihre Art sicher geliebt hat – vor allem, wenn ich entsprochen habe. Das ist eine bittere Wahrheit, die ich erst verstehen lernen musste, aber ich glaube, dass es zum Erwachsensein gehört, sich dieser Wahrheit zu stellen. Wenn ich so in die Runde schaue, finde ich viele groß und alt Gewordene, aber nicht sehr viele Erwachsene.
Nun haben Sie wieder einiges erfahren von mir, Marlene, und ich erlebe durch Ihre Probleme, dass es Verhaltensmuster gibt, die sich nicht ändern, von Generation zu Generation weiter bestehen.
Aber wenn die Jungen von den Alten wirklich lernen könnten und wollten, müssten ja die Alten zwangsläufig irgendwann gescheiter geworden sein, alle wären ehrlicher, und das Zusammenleben würde immer besser – dann hätten wir beide allerdings nichts mehr zum Schreiben.

Und das wäre auch wieder schade,
meint Ihre Eva.

Im nächsten Brief beantworte ich Ihre Frage, wie ich mir das alles für mich selber wünsche. Für heute reicht es, mir jedenfalls.

Marlene schreibt, sie fühle sich bestärkt und nehme sich vor, sich nicht beirren zu lassen, auch wenn ihr Mann und die Kinder der Meinung seien, dass es gar kein Problem wäre, ihre Eltern aufzunehmen, wenn sich das als notwendig erweisen würde.

„Aber die Kinder kommen alle 14 Tage zum Wäschewaschen, und mein Mann braucht daheim ohnehin nur mehr die Fernsehcouch und sein Bett", da wäre von vornherein klar, wen die Arbeit treffen würde.

Es sei ihr wichtig, sich damit auseinanderzusetzen, bevor der Ernstfall eintritt, denn unvorbereitet würde sie sich sicher wieder „überfahren" lassen wie schon so oft.

Gesundheitlich gehe es ihr wieder sehr gut. Sie fühle sich auch wieder attraktiver, das passe gerade, denn ein Klassentreffen stehe bevor, bei dem sie nicht zu den „alten Schachteln" gehören, bei dem sie „nach was aussehen" wolle.

Und Eva solle bitte nicht vergessen, zu schreiben, wie sie das später handhaben wolle, mit einer etwaigen Pflege oder einem Heimplatz.

Schön, Marlene,

Ihr letzter Brief zeigt deutlich, dass es Ihnen wieder gut geht. Da spüre ich jene Energie und Lebensfreude, die mir bei unserem Kennenlernen an Ihnen so imponiert haben, die so gut zu Ihnen passen.
Sie werden das Richtige schon machen, sollte sich das Problem „Elternpflege" wirklich stellen, da bin ich mir ganz sicher.
Übrigens, ich freue mich schon sehr auf Ihre Erzählungen vom Klassentreffen, das gibt sicher die Möglichkeit zu mannigfaltigen psychologischen Studien.
Der Kommentar meines Sohnes, der mich einmal von einem solchen Treffen abgeholt hat: „Ein Saal voll alter Weiber, von denen jede glaubt, sie sei bei 30 stehen geblieben."
Nicht gerade schmeichelhaft, aber nicht ganz unrichtig. Also bitte, genau beobachten, mir berichten und nichts vergessen!
Was ich nicht vergessen will: Ich habe gestern beim wunderbaren Norberto Bobbio in seinem Buch „De senectute – Vom Alter" einen Satz gelesen, den sich der kluge alte Herr selber aufgeschrieben hat, weil er ihm so aus der Seele spricht. Er stammt von Guido Ceronetti, und der muss mit uns seelenverwandt sein, meine Liebe!
„Wann immer ich kann, stimme ich ein leidenschaftliches Loblied auf das Briefeschreiben zwischen denkenden Wesen

an, die noch nicht zu ausschließlich per Telefon, Handy oder Fax kommunizierenden Barbaren herabgesunken sind. Es genügt nicht, zu sagen: homo cogitat! Der Mensch, der WIRKLICH denkt, schreibt Briefe an seine Freunde." Ist das nicht fantastisch?

Besser hätten wir es wohl auch nicht ausdrücken können, was, Marlene?

Das ist übrigens auch ein Buch, das ich Ihnen wärmstens empfehlen kann. Nur ein schmales Bändchen, aber das hat es in sich. Bobbio war Jurist, Rechtsphilosoph, hatte einen Lehrstuhl für politische Wissenschaften in Turin, hat viele politische, aber auch philosophische und andere Bücher verfasst.

Er wurde 95 Jahre alt, also was das Alter betrifft, konnte ihm keiner was erzählen. Ich habe das so gern, wenn alte Menschen ganz ohne Wehleidigkeit, dafür mit der im Alter noch schärfer und ein wenig unbarmherziger werdenden Klarheit ihre Sicht der Welt erzählen, unbeeindruckt, ob das jemandem passt oder nicht. Das ist die Freiheit des Alters (die ich übrigens auch sehr genieße!).

Da sind wir ja schon beim Thema.

Ich habe Ihnen erzählt, dass meine Kinder für mich schon eine Wohnung ausgesucht hatten. Das mit dem Stiegensteigen wollten sie mir ersparen und so manches andere auch. Sie wollten mir aus ihrer Sicht helfen.

Ich bin ja nicht dumm, ich weiß ganz genau, dass das, was ich den Freundinnen und Freunden rate, nämlich sich den

Umständen und Zuständen beim Älterwerden anzupassen, auch für mich gilt.

Eines steht fest: Ich möchte, sollte der Fall eintreten, nicht von meinen Kindern gepflegt werden. Das klingt nun so wehleidig nach: „Ich will niemandem zur Last fallen", ist aber ganz anders gemeint. Mir geht es nicht so sehr um meine Familie und deren Wohlbefinden als um mich. Ich bin gewohnt, allein zu leben, ich war nie einsam und fühle mich wirklich geborgen hier mit meinen Büchern. Ich möchte nicht plötzlich Mitbewohner haben oder auch sein.

Ich habe mich schon vor drei Jahren in einem Seniorenheim angemeldet, ich habe mir ein sehr schönes ausgesucht, das auch bei Gott nicht billig ist. Aber das leiste ich mir, für die paar Jahre, die ich noch da sein werde, man weiß ja nicht, vielleicht sind es auch nur Monate. Wenn es daheim nicht mehr geht, werde ich also die Wohnung verkaufen und mit so vielen Büchern wie möglich dorthin ziehen. Das geht sich mit dem Geld aus, denn 100 werde ich sicher nicht.

Nun, meine Kinder haben das Pech, dass mein Kapital dafür aufgehen wird und ich ihnen nicht viel vererben kann, aber wissen Sie, Marlene, das ist mir egal! Ich habe sie immer unterstützt, ihnen finanziell mehr als einmal aus der Patsche geholfen, ich habe meine Aufgabe als Mutter mehr als erfüllt, und jetzt mache ich, was ich will und selber für richtig halte.

Dabei gehe ich von der noch sehr positiven Annahme aus, dass ich nur in der Bewegung eingeschränkt sein werde und deshalb den Alltag nicht mehr allein bewältigen kann. Sollte ich aber eine schwere oder chronische Krankheit bekommen, sieht die Sache anders aus.

Ich werde – und das wird Sie jetzt vielleicht schockieren – auch in so einem Fall meinen eigenen Weg gehen. Anders gesagt, ich selbst werde entscheiden, so lange mir das noch möglich ist, wann ich abtrete.

Ich habe über dieses Thema bisher nur mit meinem Lebensmenschen gesprochen, liebe Marlene, nun schreibe ich es Ihnen, denn wer fragt, muss eine Antwort bekommen und diese auch aushalten können.

Für mich war und ist das Leben immer ein Fest. Ich kann ein gutes Essen, meinen Wein, schöne Musik, die Natur und vor allem die Literatur immer noch und immer wieder in vollen Zügen genießen, und das Wichtigste, die Liebe! Ich fühle mich so reich beschenkt vom Leben, dass ich ohne die geringste Trauer, jetzt, in diesem Moment, Abschied nehmen könnte, im Wissen, dass alles gut war und ist.

Warum also sollte ich mich quälen, wenn ich all das nicht mehr haben kann? Glauben Sie im Ernst, ich hätte am Dasein noch Freude, wenn ich mir vorstelle, dass ich mit einer Windelhose im Bett sitzen und aus einem Schnabelhäferl Kamillentee schlürfen muss, vor dem ich mich zeitlebens geekelt habe? Wem muss ich denn noch etwas beweisen? Ich bitte Sie!

Ich bin stolz darauf, mir ein großes Maß an Autonomie erkämpft zu haben, da werde ich doch nicht gerade dann,

wenn es am nötigsten ist, darauf verzichten. Gut, nun wissen Sie, wie die Sache steht. Das provoziert Fragen, da bin ich sicher!
Nur zu, Marlene!

Ich freue mich auf Post von Ihnen,

Ihre Eva.

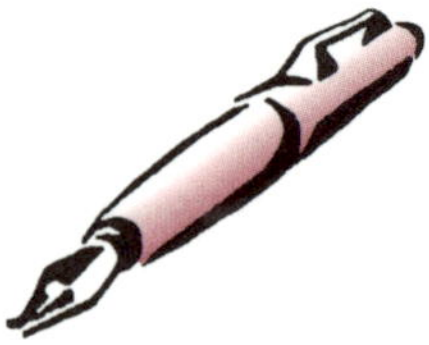

Bevor Marlene in ihrem Brief vom Klassentreffen erzählt, geht sie auf Evas Sicht der Freiheit ein.
Sie könne Eva diesbezüglich nicht folgen, sie sei – gerade als Krankenschwester und gläubiger Mensch – schockiert, dass man mit dem Gedanken spielen könne, selber zu bestimmen, wann das Leben enden soll. Sich selbst „aus dem Spiel" zu nehmen, widerspreche dem natürlichen Zyklus vom Werden und Vergehen, den niemand zu beeinflussen habe und zu dem auch das endgültige Verlöschen gehöre, dann, wenn die Zeit abgelaufen sei. Sie erlebe tagtäglich im Krankenhaus, dass Menschen auch dann noch Sinn im Leben fänden, wenn alle bisher gewohnten Bedingungen nicht mehr gelten, und sie selbst halte es für eine „Pflicht", das Leben wie das Sterben so anzunehmen, wie es für jeden von uns vorgesehen ist. Sie lese aus Evas Zeilen eine Banalisierung des Todes, die ihr unangenehm sei.
Wie sich Eva mit dieser Einstellung in der Hospizbewegung engagieren könne? Das bedeute für sie einen Widerspruch.
„Wenn es so weit ist, werden Sie ebenso am Leben hängen wie alle anderen, da bin ich sicher. Ihr Plan ist für mich also rein theoretisch."
Dann eine ausführliche Beschreibung des Klassentreffens.
Drei der ehemaligen Mitschülerinnen habe sie gar nicht mehr erkannt, die seien tatsächlich „alt" geworden, die meisten herausgeputzt, einige wenig verändert, fast die Hälfte geschieden. Die üblichen Gespräche über Kinder und Enkel, Fotos, die niemand interessieren, gemeinsame Erinnerungen an nette und andere Lehrer. Die ehemals Klassenschönste, mittlerweile auch durch Heirat geadelt und begütert, habe das große Wort geführt, „so wie sie aussieht, ist sie mit ziemlicher Sicherheit schwere Alkoholikerin". Die frühere „beste Freundin", stu-

dierte Biologin und Lehrerin, sei die „Attraktion des Abends“ gewesen, zum Islam konvertiert, und mit Kopftuch habe sie die Vorzüge der Scharia, also des islamischen Rechtssystems, gelobt.

„Alle haben Theater gespielt, ich inklusive. Die Wahrheit ist, wir haben gar nichts mehr gemeinsam und uns auch nichts mehr zu sagen.“ Das habe sie ein wenig traurig gemacht, sie sei nämlich eher ein anhänglicher Typ, der Vergangenes nur schwer loslassen könne, „und wir hatten doch eine ganz besondere Klassengemeinschaft“.

Sie sei zur Zeit ein wenig depressiv, dazu habe das Treffen, aber auch ein wenig Evas letzter Brief beigetragen.

Daheim sei es auch wieder einmal nicht sehr lustig, ihr Mann und die Kinder seien im Dauerkrieg, „es geht schon wieder ums Geld“. Sie habe einfach nur Sehnsucht nach Ruhe.

Liebe Marlene.

Ich habe Ihren Brief dreimal gelesen, so viel ist darin verpackt! So viel bewegt Sie zurzeit, dass ich Ihren Wunsch nach Ruhe gut verstehen kann.
Ich glaube, ich muss zu Beginn gleich etwas klarstellen: Ich bin nicht so, wie ich Ihnen vielleicht aufgrund unseres Briefwechsels erscheine. Ich stehe keineswegs über den Dingen, ich gehe nicht durch die Welt, im Glauben, ich würde alles verstehen, im Griff haben und Probleme jeglicher Art „mit links" nehmen. Ich habe genauso meine Ängste und Sorgen, fühle mich manchmal elend und freudlos.
Ich lasse mich nur, zum Unterschied von vielen meiner Altersgenossen, so gut es geht, nicht von diesen Stimmungen und Zuständen „hinunterziehen", ich nehme sie nicht als unausweichliches Unglück, sondern als das, was sie sind: Teil eines Lebens, in dem es, wie in jedem anderen, nicht nur Schönes geben kann. Und wenn ich mich nicht mehr als nötig über die Probleme mit den Kindern, meine Schmerzen in den Beinen oder was es sonst noch alles Unangenehmes gibt, beklage, dann hat das nichts mit Stärke zu tun, sondern eher mit dem Verständnis, dass jeder sein „Bürdeli" trägt und Jammern sinnlos ist.
Liebe Marlene, ich will nicht den Finger in die Wunde legen (ich spüre aus Ihrem Brief, dass das so sein könnte), und ich

respektiere vollkommen, dass Sie eine andere Sicht der Dinge haben, was die letzte Lebensphase und das Sterben betrifft, aber gerade Sie als Krankenschwester kennen doch besser als die meisten Menschen auch die andere Seite!
Nämlich das Dahinsiechen von Menschen, die schon längst nicht mehr Anteil nehmen können, an Versorgungsschläuchen hängend am Leben erhalten werden, die in Pflegeheimen ihrer Erlösung, nämlich dem Tod, „entgegenliegen", wenn noch bei Verstand, dann mit der Hoffnung, es möge bald so weit sein.
Und alle die gar nicht physisch Kranken, die vor Einsamkeit schon lang „gestorben" sind, niemanden haben, der sie besucht, die gibt es doch, Marlene, und damit auch bei vielen Menschen den Wunsch, sich so ein Schicksal zu ersparen.
Ich empfehle Ihnen die Lektüre von Sandra Petrigniani, die Menschen in einem Altersheim zu Wort kommen lässt: „Vecchi" (Alte Menschen) heißt das Buch. Verzeihen Sie, meine Liebe, aber wenn Sie das lesen, vergeht es Ihnen, von der „Pflicht" zu reden, das Leben bis zur bitteren Neige durchstehen zu „müssen", abgesehen davon, dass es so gut wie alle ohnehin tun.
Die zufriedenen Alten gibt es ebenso wie die verzweifelten. Zwischen diesen Extremen liegen unendlich viele Lebensmodelle, Geschichten, Tragödien. Wir haben naturgemäß wenig Neigung, uns dabei einzumischen, wie andere ihr Dasein bewältigen. Interessanterweise gibt es aber eine ziemlich einhellige Meinung darüber, wie sie zu sterben

haben. Das sollte einem zu denken geben, denn wer hält sich für geeignet, den ersten Stein zu werfen?
Warum ich mich für die Hospizbewegung engagiere, ist ganz einfach: Ich finde, Menschen sollten nicht allein gelassen werden, wenn es dem Ende zugeht, sie sollten begleitet werden auf dieser letzten Etappe, die eine ganz besondere Herausforderung ist.
Ich sehe darin keinen Widerspruch zu meiner Einstellung, die ja kein Dogma ist und – Sie mögen vielleicht Recht haben – sich im Laufe der Jahre noch ändern kann. Aber genau das ist es: Im Leben wie im Sterben kann man keinen Raster anlegen und sagen: So hat es zu sein. Wir können uns etwas wünschen, aber das ist auch schon alles.
Und obwohl (oder gerade weil) ich ein in der christlichen Tradition erzogener Mensch bin, glaube ich nicht an den „strafenden Gott", der uns für unser Tun verstößt, wenn wir dem Naturgesetz vom Werden und Vergehen „zuwiderhandeln". Wir können darauf vertrauen, dass er uns und unser Schicksal als Ganzes sieht. Das ist meine feste Überzeugung.
Übrigens, von einer „Banalisierung" des Todes, wie Sie das nennen, kann bei mir absolut keine Rede sein. Dazu müsste ich den Tod zuerst einmal ernst nehmen, um ihn banalisieren zu können. Aber wie soll das gehen, solange ich keine persönliche Erfahrung mit ihm gemacht habe? Denn, da werden Sie mir sicher zustimmen, es hilft uns das Wissen um das Sterben und den Tod der anderen hier nicht weiter.

Der Tod ist jedes Mal wieder ein Mysterium, so vielfältig wie die von ihm heimgesuchten Menschen selbst.
Mehr als ein Jahr ist eine liebe Freundin von mir nach einem Bergunfall im Koma gelegen, jeden Tag hat ihr Ehemann sie besucht, mit ihr geredet, alles versucht, um sie wieder „zurückzuholen".
Ihr Zustand hat sich nicht gebessert, die Ärzte konnten ihm von vornherein keine Hoffnung machen, dass seine Frau „wiederkommen" werde.
Sollte das Wunder geschehen, so hieß es, würde sie leider durch die irreparablen Schäden im Gehirn schwerst behindert bleiben.
Die Frage nach dem Abschalten der Geräte stand schon nach zwei Monaten im Raum, nach mehr als einem Jahr hat ihr Ehemann zugestimmt.
Wir haben damals nächtelange Gespräche geführt, um aus unseren Erfahrungen mit ihr herauszufinden, wie sie selbst entscheiden würde, könnte sie das noch. Ich war und bin mir sicher, dass ihr Ehemann das Richtige getan hat.
In diesem Moment konnte ihm keiner beistehen, so viele auch in die Entscheidungsfindung eingebunden waren. Aber wir haben ihn begleitet (auch das ist Hospizarbeit), und ich bin heute noch in Kontakt mit ihm.
Ein halbes Jahr nach dem Tod seiner Frau hat er seine jetzige Lebensgefährtin kennengelernt, einige Monate später ist sie bei ihm eingezogen. Ich habe mich sehr für ihn gefreut, dass er nach dieser langen Zeit des „Nur-mehr-

Gebens" auch wieder etwas bekommen hat und geliebt wurde.
Aber da war ich eine der wenigen. Die meisten waren empört darüber, dass er nach so kurzer Zeit schon „Ersatz" für seine Frau gefunden hat, einige so genannte „Freunde" haben sich nicht mehr bei ihm blicken lassen, haben ihm seine Entscheidung nicht verziehen.
Über diese Kränkungen ist er bis heute nicht hinweggekommen, darüber, dass ihn Menschen, die er zu kennen glaubte, geradezu brutal verurteilt haben, ohne den Versuch zu machen, zu verstehen, wie es ihm in diesen 14 Monaten ergangen ist.
Ich glaube, Marlene, Sie verstehen mich.
Ich sage nicht, so wie ich es mache, ist es richtig. Ich sage nur, für mich ist es richtig. Und ich gestehe jedem zu, damit nicht konform zu gehen.
Man sagt, die Weisheit eines alten Menschen bestehe darin, die eigenen Grenzen akzeptieren zu können. Ich finde, wirklich weise ist man dann, wenn man auch die Grenzen der anderen akzeptieren kann.
Das ist eine schwierige Übung, und ich bin von der Weisheit leider noch meilenweit entfernt.
Aber ich bemühe mich.

Bleiben Sie mir gewogen, liebe Marlene!
Schreiben Sie mir wieder.

Wir müssen nicht immer einer Meinung sein,

findet Ihre Eva.

Ihre Beschreibung des Klassentreffens war sehr unterhaltend, danke!

Ich habe Ähnliches vor etwa 20 Jahren erlebt und war danach auch eher bedrückt als beglückt. Vielleicht ist das ganz normal so.

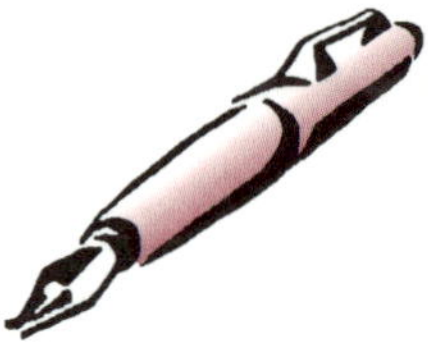

Marlene meldet sich erst nach drei Wochen wieder. Von einer Kur, die sie überraschend angetreten habe, da sie den dafür vorgesehenen Termin arbeitsbedingt habe tauschen müssen. Sie fühle sich sehr wohl, habe ein schönes Zimmer und vor allem jene Ruhe, nach der sie sich so gesehnt habe. Sie werde sich im Rahmen dieses Kuraufenthaltes auch einer Art „Verjüngungstherapie" unterziehen, die ihr Mann und ihre Kinder gesponsert hätten. Trotz Beteuerungen von allen Seiten, dass sie für ihr Alter sehr gut aussehe, habe sie doch das Bedürfnis, mehr für ihr Aussehen zu tun. „Ich möchte doch noch gesehen werden, ich habe manchmal das Gefühl, für die Welt bereits unsichtbar zu sein."

Liebe Marlene!

Schön, dass Sie mir Ihre Kuradresse verraten haben, so nehme ich an, Sie freuen sich auch über Post von mir. Während Sie immer schöner werden, bin ich gerade wieder einmal dabei, ein wenig „einzugehen".
In den letzten zwei Wochen habe ich aus unerfindlichen Gründen mehr als fünf Kilo abgenommen, was mir ja nicht unbedingt schadet, meinem Hausarzt aber Sorgen macht. Ich fühle mich auch sehr schwach und bin zeitweise schwindlig, wodurch ich beim Gehen noch unsicherer bin als sonst.
Na ja, das Alter fordert seinen Tribut, wie man so sagt. Nun habe ich mich also im Krankenhaus angemeldet, um mich

wieder einmal durchchecken zu lassen. Ist ja längst fällig, da hat der Herr Doktor schon Recht.
Er ist übrigens ein ganz reizender Mensch, mit dem ich mich leidenschaftlich gern über Literatur unterhalte, vielleicht auch, weil wir einen sehr ähnlichen Geschmack haben und uns über den heutigen Literaturbetrieb und den Schmarren, der uns vielfach als große Kunst angepriesen wird, gemeinsam herrlich aufregen können. Er ist etwa in Ihrem Alter und ein wirklich fescher Mann – wenn ich ein bisserl jünger wäre … nein, das war ein Witz. Ich weiß, dass für mich seine Fähigkeiten als Arzt mittlerweile bedeutend wichtiger sind als alles andere!
Aber jetzt zu Ihnen, liebe Marlene! Sie tun etwas für sich, und das ist wunderbar! Und dass Sie dabei (noch) schöner werden, ist fast selbstverständlich. Das macht allein die entspannte Umgebung und dass Sie einmal weg vom täglichen Ärger sind.
Brauchen Sie denn diese Spritzen wirklich? Ist das so ein Botox-Zeug? Ich hoffe nicht, dass Sie mit diesen Geschichten anfangen! Natürlich wissen Sie selbst, was Sie tun, ich frage ja nur!
Ich halte es einfach mit der Ansicht, dass man Spritzen aushalten muss, wenn man krank ist, und dann ist es unangenehm genug. Aber gesundes Gewebe, gesunde Haut „aufzuspritzen", das ist mir ganz und gar widerlich (und so harmlos, wie es hingestellt wird, ist es ja auch nicht). Aber ich will nicht schon wieder „oberlehrerhaft" sein, liebe Freundin,

und daher wünsche ich Ihnen eine schöne Zeit und melde mich, sobald ich aus dem Krankenhaus entlassen worden bin. Halten Sie mir die Daumen, dass sich die Sache als harmlos erweist!

Lieben Gruß, Eva

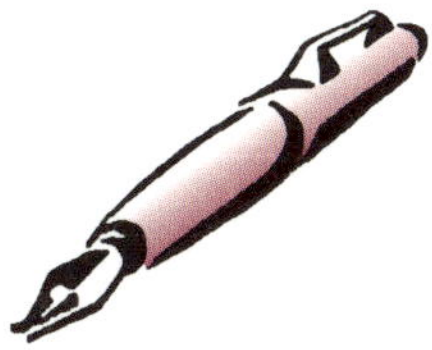

Liebe Marlene,

Sie sind hoffentlich erholt und strahlend von Ihrer Kur zurück, ich bin noch immer im Krankenhaus.
„Wenn man zum Doktor geht, findet der was, also gehe ich nicht hin", hat mein Vater immer gesagt, und bei mir war es leider diesmal genauso. Ich liege nun die dritte Woche auf der Internen, warum ich so stark abgenommen habe – im Moment halte ich das Gewicht wieder – , konnte nicht herausgefunden werden, denn alle Werte sind so weit in Ordnung, aber dass mein Herz nicht mehr gut funktioniert, hat sich jetzt herausgestellt.
Ich hatte meine Atemnot einer schlechten Lungenfunktion zugeschrieben (schon als Kind wurde ich immer in die Berge geschickt, weil ich monatelang gehustet habe), nun aber steht fest, dass die Lunge noch passabel funktioniert, während die Leistung meines Herzens ziemlich zu wünschen übrig lässt.
„Oma, du bist halt schon alt, da werden die inneren Sachen eben kaputt", hat mein jüngster Enkel gestern gemeint und mich dabei fürsorglich angesehen, mit dem ganzen Verständnis seiner acht Jahre. Meine Tochter wollte ihm den Mund verbieten, aber ich habe ihm Recht gegeben und ihn gefragt, ob ich seiner Meinung nach schon für alles zu alt sei.
„Für einen Mann schon, aber zum Rad fahren nicht. Und ins Kino gehen passt auch noch."

Für einen Mann zu alt. Ja, ja. Später einmal, so habe ich mir gedacht, werde ich meinen Enkelkindern ein wenig von mir erzählen und von den Menschen, die für mich wertvoll waren und sind. Und wie man leben und lieben kann, auch als älterer und alter Mensch. Darüber wird ja nicht nur bei uns heftigst geschwiegen.
Meine Kinder wissen, dass ich einen Freund habe, der zeitweise bei mir wohnt, mit dem ich auch auf Reisen gehe, wenn das möglich ist, und der mir sehr nah ist. Sie tun allerdings so, als würde er nicht existieren, sie fragen nie nach ihm und haben auch ihren Kindern ganz sicher nie von ihm erzählt. Sie genieren sich, dass ihre alte Mutter mit einem Mann Tisch und Bett teilt, wenn auch nicht ständig.
So wird die Einteilung der Besuchszeiten bei mir zu einem Lotteriespiel, denn sie wollen auf keinen Fall mit ihm zusammentreffen, so, als hätte er eine ansteckende Krankheit. Mir tut das weh, nicht nur meinetwegen, sondern weil es auch für ihn eine sehr unangenehme Situation ist. Klar, dass ich mich durch die Kinder nicht in meiner Zuneigung zu ihm beeinflussen lasse, aber ich frage mich schon, welch seltsame, verklemmte Wesen ich da großgezogen habe.
Eigentlich müsste man annehmen, es wäre eine Erleichterung für sie, zu wissen, dass ich nicht ganz allein bin. Und dass es jemanden gibt, der mir, und vor allem auch ihnen, viel Arbeit abnimmt. Seine Hilfe erspart ihnen Zeit, die sie für mich ohnehin kaum hätten, so eingespannt, wie sie sind.

Aber das Gegenteil ist der Fall: Sie regen sich auf, dass ich sie nicht öfter anrufe und sie auch „über meinen Zustand" im Unklaren lasse. „Du musst dich endlich damit abfinden, dass auch du alt und hilfsbedürftig wirst", das höre ich seit meinem Sturz mit dem Rad bei jedem Anruf oder Besuch.
Na ja, Marlene, ich sehe es, wie es ist. Sie meinen es nicht böse, aber es fällt meinen Kindern nach wie vor schwer, zu akzeptieren, dass ihre Mutter eine selbstbestimmte Person ist. Und je älter ich werde, desto irritierter sind sie.
Der behandelnde Arzt hat mir gestern bei der Visite eröffnet, er würde sich bezüglich der wahrscheinlich erforderlichen Herzoperation (keine große Sache, sondern Routine und immer wieder durchgeführt) auch gern mit meinen Kindern besprechen, ob wir einen gemeinsamen Termin vereinbaren könnten, das sei bei älteren Patienten so üblich.
Ich habe ihm gesagt, dass könne wohl so sein, ich würde aber mit Sicherheit allein entscheiden, also sei eine Hinzuziehung der Kinder bei mir nicht erforderlich.
Er hat das sofort akzeptiert und mir erzählt, dass es erfahrungsgemäß in den meisten Fällen so sei, dass die älteren Patienten ihre Kinder fragen, „ob sie sich nun operieren lassen sollen oder nicht", was manchmal zur Folge habe, dass aus Angst, die Operation könne einen „Pflegefall produzieren", auf diese, wenn sie nicht unbedingt lebensnotwendig sei, sozusagen „einvernehmlich" verzichtet werde.

Nun, ich werde, so ich operationstauglich bin, in drei Tagen einen Schrittmacher bekommen (vielleicht hilft er auch meinen Beinen, wieder besser Schritt zu fassen …) und bin sehr zuversichtlich, was die Zukunft betrifft.

Liebe Marlene, ich grüße Sie sehr herzlich, und da ich davon ausgehe, aus der Narkose wieder aufzuwachen (auch wenn mir derzeit ein wenig mulmig ist beim Gedanken, dass da an meinem Herzen herumgearbeitet wird), werden Sie bald wieder von mir lesen.

Ihre Eva

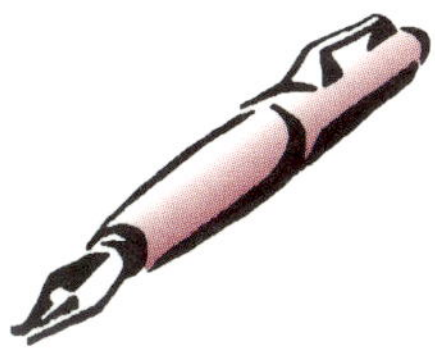

Von Marlene kommt eine Karte mit Genesungswünschen ins Krankenhaus.
Sie habe so viel zu erzählen, wolle Eva aber jetzt nicht allzu sehr belasten. Die Kur sei gut verlaufen, sie fühle sich wie „runderneuert". Zu Hause habe sich einiges verändert, was auf den ersten Blick für sie schlimm gewesen sei, entwickle sich nun sehr positiv. „Daran sind auch Sie ein wenig schuld, liebe Eva."
Sie belege zur Zeit einen Fortbildungskurs und habe viel zu tun, werde sich aber bald wieder melden.
„Was Aufbauendes schicke ich auch wieder, für die Zeit daheim."

Liebe Marlene,

nur ganz kurz. Ich bin seit drei Tagen zuhause, habe keine Schmerzen, fühle mich aber sehr schwach. Die Operation ist gut verlaufen, hat mich aber doch mehr hergenommen, als ich gedacht habe. Man hat mir einen dreiwöchigen Reha-Aufenthalt empfohlen, ich weiß noch nicht so recht. Am liebsten würde ich daheim bleiben. Wenn ich das sage, werde ich von allen Seiten zurechtgewiesen: Ich soll gefälligst an meine Gesundheit denken und mich nicht hängen (!) lassen! Wann, glauben Sie, ist man alt genug, um allein entscheiden zu können? Oder habe ich diesen Zeitpunkt schon wieder versäumt? Wie auch immer, ich würde mich sehr über Post von Ihnen freuen, Marlene, ich kann ja derzeit fast nur im Bett liegen und habe noch mehr Zeit zum Lesen als sonst. Außerdem bin ich sehr neugierig, was sich bei Ihnen tut. Also bitte, lassen Sie mich nicht zu lange warten!

Ihre Eva grüßt Sie herzlich!

Ich habe mir gerade wieder einmal Thomas Bernhards biografische Werke vorgenommen. In irgendeiner Weise fühle ich mich ihm seelenverwandt, er ist mir zumindest ein Vorbild, was seine Radikalität betrifft und seinen Wunsch, von der Welt in Ruhe gelassen zu werden.

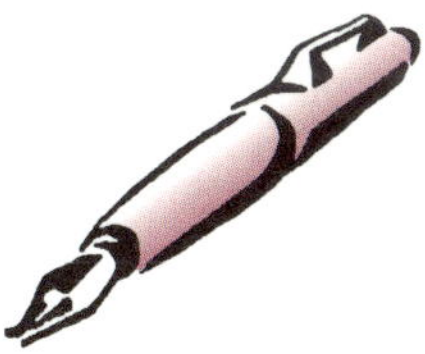

Nach zwei Tagen bereits kommt ein Brief von Marlene.
Sie wolle nicht in den Chor der anderen mit einstimmen, aber eine Reha halte auch sie für eine sehr gute Idee, vor allem, weil sie nach dem letzten Brief den Eindruck habe, dass Eva ein wenig depressiv sei und ihr ein Ortswechsel sicher andere Perspektiven eröffnen würde.
Ihr Fortbildungskurs laufe gut, sie habe bald eine weitere Qualifikation und könne nun in Zukunft mehr im Bereich der Gerontologie arbeiten, was ihr immer schon ein Anliegen gewesen sei. Das habe sich alles in der Zeit ihres Kuraufenthaltes ergeben, eine Kollegin sei nach der Karenz nicht mehr zurückgekommen, so habe sie die Gelegenheit ergriffen, deren Stelle zu bekommen, was mit der Zusatzausbildung nun möglich sei.
Die andere Neuerung betreffe den privaten Bereich.
Ihr Mann habe von seiner Firma das Angebot bekommen, eine Zweigstelle in Russland aufbauen zu helfen, und werde in einem Monat seinen Dienst in St. Petersburg antreten, vorläufig gelte der Vertrag für eineinhalb Jahre. Die Entscheidung sei sehr rasch gefallen, sie habe sie ihm vollkommen freigestellt, „aber auch wenn ich dagegen gewesen wäre, er hätte es gemacht".
Obwohl sie ein wenig Angst vor der zusätzlichen Verantwortung habe, was Schwiegereltern und Kinder, aber auch viel Organisatorisches betreffe, um das sie sich nie gekümmert habe, sei sie fast wie befreit, wenn sie daran denke, dass sie nun „schalten und walten" könne, wie sie es für richtig halte.
Sie hoffe auch, dass der räumliche Abstand die Probleme in ihrer Beziehung klären könne – „entweder so oder so".
Sorgen gäbe es mit den Eltern, sie seien beide mittlerweile in einem Maß vergesslich, dass zu befürchten sei, sie könnten den Alltag ohne Hilfe bald nicht mehr bewältigen, es würde

einfach zu gefährlich. Eine Nachbarin habe schon zweimal die glühende Herdplatte ausgeschaltet, als sie zufällig vorbeikam. „Aber von Hilfe wollen sie nichts hören, sie können alles allein."

Was Eva dazu sage, ob denn das schon Altersstarrsinn oder nur Angst vor dem Verlust der Autonomie sei? Ob sie eine Idee hätte, wie man helfen könne, ohne gleich zu entmündigen? Sie selbst finde im Moment keinen vernünftigen Zugang zu den Eltern, es gäbe immer gleich eine Streiterei, unter der dann alle leiden.

Und zum Schluss noch eine Frage: Woran denn Evas Beziehung zu jenem jüngeren Mann, der ihr so viel bedeutet habe, gescheitert sei? „Das würde ich sehr gern wissen ..."

Meine liebe Marlene,

jedes Mal, wenn ich Ihren Namen schreibe, denke ich daran, wie schön er doch ist. Und er passt wirklich gut zu Ihnen, ist Ihnen das bewusst? Das kommt gar nicht so oft vor, dass Namen und Menschen sozusagen „übereinstimmen".
Also, wo fange ich heute an?
Mit meinem Zustand, der nicht gut, aber auch nicht schlecht ist. Aber – und bitte keine Rüge! – auf Reha fahre ich nicht. Ich mag nicht fort von daheim, und wenn es mir so zuwider ist, hätte es ja auch keinen Wert, denke ich.
Sie haben eine Depression bei mir geortet, da kann ich Sie aber trösten: Depressiv bin ich nicht, wirklich nicht, überhaupt nicht!
Ein wenig „altersgrantig", das lasse ich gelten.
Wissen Sie, Marlene, so viele Dinge, die andere so wichtig nehmen und sich darüber „aufpudeln", lassen mich einerseits ziemlich kalt, regen mich aber andererseits dermaßen auf, dass ich wahrscheinlich manchmal ein wenig ungerecht zu meiner Umgebung (auch zu meinen alten Freundinnen) bin.
Das ist schon ein Zeichen des Alters, leider kein gutes.
Ich habe doch immer gehofft, mit den Jahren milder und gnädiger zu werden, bis jetzt merke ich nicht viel davon, im Gegenteil. Ich ertrage Dummheit, Präpotenz und das ungeniert zur Schau getragene Nichtwissen heute schwerer

denn je, und ich habe auch immer weniger Hemmungen, meine Meinung zu den Dingen kundzutun. Also, erwarten Sie lieber nicht, besonders weise zu werden mit dem Alter, meine Liebe! Ich fürchte, das ist ein Märchen, denn viele Weise kenne ich nicht.
Da sind wir ja auch schon beim Problem mit Ihren Eltern. Das ist schlimm, ganz schlimm. Hoffentlich passiert uns das nicht selber auch, Marlene, ich bin dieser Sache schon viel näher, als Sie es sind, wie leicht könnte ich schon in der gleichen Lage sein!
Ich kenne ein Ehepaar, das ein Leben lang sehr liebevoll miteinander umgegangen ist, innig verbunden war, von allen beneidet. Die rapide zunehmende Demenz des Mannes hat nun dazu geführt, dass die Basis für ein friedliches Zusammenleben vollständig zugrunde gerichtet wurde. Er ist misstrauisch, verdächtigt seine Frau, ihm nach dem Leben zu trachten, hasst alles und jeden und kann keine Hilfe akzeptieren.
Wie oft hat mir seine verzweifelte Frau schon weinend ihr Leid geklagt!
Was kann man tun? In manchen Fällen hilft es, wenn ein Außenstehender mit einbezogen wird, zu dem es etwas mehr Distanz und daher auch mehr Respekt gibt.
Im oben genannten Fall war das der Hausarzt. Selbst in seinem reduzierten geistigen Zustand besaß der Mann noch jenes Maß an Respekt vor dem Arzt, das ihn in der entscheidenden Frage, ob nun doch Hilfe angenommen

werden sollte, einlenken ließ. Weder Kinder noch Ehefrau hätten ihn so weit gebracht.

Wäre das eine Möglichkeit auch bei Ihren Eltern? Einen Versuch ist es allemal wert.

Was mich besonders freut: dass es Ihnen so gut geht! Das klingt alles nach Aufbruch, nach viel Energie und Freude, wie schön!

Gerade in Ihrem Alter hat man die Chance, noch einmal durchzustarten, man hat einerseits Erfahrung genug, die Dinge zu durchschauen, aber auch noch genug Kraft, das zu tun, was einem wichtig ist.

Wenn ich bedenke, wie schlimm es Ihnen noch vor einigen Monaten ergangen ist, wie ausgebrannt Sie waren! Auch dass Ihr Mann nun gerade nicht zur Verfügung steht, ist gar nicht so schlecht. Alles, was Sie jetzt tun, ist wirklich IHRES! Sie werden sehen, Sie schaffen das, auch wenn vieles zu tun ist, was Ihnen bislang abgenommen wurde. Wir wachsen doch alle mit unseren Aufgaben, werden dadurch selbstsicherer und entscheidungsfreudiger!

Weil ich schon ein wenig müde bin, will ich Ihnen Ihre letzte Frage lieber in einem neuen Brief beantworten, so kurz und bündig geht das nicht, war ja eine schöne Liebesgeschichte, und die verdient es, in Ruhe erzählt zu werden.

Also, morgen setze ich mich wieder an diesen schönen Schreibplatz (ich sehe auf eine wunderbare, viele Jahrzehnte alte Linde), und Sie kriegen wieder Post! Ich freue mich schon heute aufs Schreiben.

Erwarten Sie nicht zuviel von dieser Geschichte, sie war zwar einmalig, aber nur für mich wichtig.

Alles Liebe, Ihre Eva

Liebe Marlene,

ich habe mich, trotz einer fast durchwachten Nacht (ums Haus hat ein gewaltiger Sturm getobt), brav und diszipliniert wieder zum Schreiben gesetzt. Ich verstehe jetzt ganz genau, was meine hochbetagte Tante immer gesagt hat, wenn man von ihr erfahren wollte, wodurch sie sich bis ins hohe Alter so gut gehalten hat. „Disziplin, Disziplin und noch einmal Disziplin."
Das klingt nach militärischem Drill, war aber keineswegs so gemeint. Sie hat sich jeweils für den nächsten Tag zumindest zwei Dinge vorgenommen, die sie dann auch erledigt hat, langsam, aber doch.
Hätte ich Ihnen nicht versprochen, heute wieder zu schreiben, ich wäre wahrscheinlich noch im Bett, also verdanke ich meiner lieben Marlene ein wenig Mobilität an einem Tag, der fast nur zum Schlafen und Ruhen geeignet wäre! Danke sehr!
Nun zu Ihrer Frage.
Ich habe ja erzählt, wie ich meinen späteren Freund kennengelernt habe. Er hat mit seiner Firma meine Buchhandlung renoviert, nachdem ich finanziell wieder über dem Berg war und wusste, ich würde bleiben können.
Ich hatte sehr klare Vorstellungen, wie ich alles haben wollte, und war auf seine Kommentare zunächst nicht neugierig, bis er mich fragte, ob ich ihm nicht einfach einmal zuhören

könne, „auch wenn ich nicht so gebildet und belesen bin wie Sie“. Das hat gesessen, das können Sie mir glauben. Wir haben eine halbe Nacht geredet, ich habe ihm aus meiner Welt erzählt, die ja fast nur aus Büchern bestand, und einiges aus seiner erfahren, die mir völlig fremd war. „Alles, was ich wissen muss, lerne ich vom Leben“, war seine Einstellung, aber so nach und nach verstand er auch, dass mich nun einmal die Sprache faszinierte und das, was andere Menschen denken, was sie geprägt hat, auch wenn er dadurch nicht zum Leser wurde.

Wir hatten viel zu bereden, waren neugierig aufeinander und genossen von Tag zu Tag mehr die Gesellschaft des anderen. Ich hatte damals – ich glaube, das habe ich schon erzählt – ein ziemliches Problem mit meinem Älterwerden, war übergewichtig und nicht sehr attraktiv, und die Idee, ich könne für ihn, der noch dazu wesentlich jünger war als ich, auch als Frau von Interesse sein, kam mir nicht im Entferntesten.

Bis er mich eines Tages – die Arbeiten waren fast abgeschlossen – mit einem Geschenk überraschte.

Auf meinem Sessel lag ein rotes Kleid. Meine Größe, mit einer Karte, auf der (orthografisch nicht ganz richtig) stand, ich möge viel Freude damit haben. Woher er denn meine Größe wüsste, fragte ich. „Meine Mutter hat die gleiche“, war die unschuldige Antwort, die mir innerlich zwar einen kleinen Stich gab, aber über das mit Liebe ausgesuchte Geschenk gleich wieder vergessen war. Er meinte etwas verschämt, ich

würde sicher toll aussehen damit, denn immer diese grauen und dunkelblauen Sachen, die könne ich doch später einmal anziehen, die wären doch was für „alte Weiber"!
Auf so etwas wird man einfach schön, von einem Moment auf den anderen, das können Sie sich doch sicher vorstellen, oder, Marlene?
Naja, das war also der Anfang einer wunderbaren, fröhlichen Zeit, in der außer unserem Zusammensein nicht viel eine Rolle gespielt hat. Wir haben zwar nie zusammen gelebt, haben aber viel miteinander unternommen – es ging mir einfach gut mit ihm, und umgekehrt war es wohl ebenso …
Es fühlte sich an, als würde ich in ein fremdes Land reisen, wo alle Farben, Düfte und Eindrücke ganz anders sind, als ich es gewohnt war. Ich hatte bis dahin nur Beziehungen zu Männern, die meine Interessen mehr oder weniger teilten, man wusste, woran man war, diskutierte über Politik, Neuerscheinungen auf dem Buchmarkt, ging ins Theater, zu Vernissagen. Die meisten konnten nicht einmal einen Nagel in die Wand schlagen, körperliche Arbeit war niedrige Arbeit, also verpönt. Tja, und auf einmal war alles anders. Da war nun einer, der nicht theoretisierte, sondern alles anpackte, mir das Fliesenlegen beibrachte, meine Waschmaschine reparierte und nebenbei immer noch Zeit fand, mit mir ein Glas Wein zu trinken oder mich mit einem Picknick zu überraschen.
Es war der Blick in eine andere Welt, den er mir ermöglichte, eine Art „gesellschaftliche Schulung", die ich dringend nötig hatte – in jeder Hinsicht.

Und dann drifteten wir doch auseinander. Ich habe vom ersten Tag an gewusst, dass unsere Beziehung nicht für die Ewigkeit sein würde, zu unterschiedlich waren unsere Welten, und natürlich hat auch der Altersunterschied eine Rolle gespielt, er hat immer wieder – er war kinderlos geschieden – von einer großen Familie gesprochen, also wir wussten beide, woran wir waren.
Vielleicht war gerade deshalb unsere gemeinsame Zeit so schön und intensiv. Keine Vorgaben, keine Forderungen, manchmal Differenzen, aber dann wieder Harmonie, entspannt und ungezwungen.
Was soll ich Ihnen sagen? Seine Firma hat expandiert, er war viel unterwegs, und irgendwann sind unsere Treffen seltener geworden. Wie von selbst haben wir uns voneinander gelöst. Ich war zwar sehr traurig, weil ich damals glaubte, ihn nicht mehr missen zu können, spürte aber deutlich, dass er schon woanders war – bei seiner jetzigen Frau, mit der er mittlerweile drei entzückende Kinder hat, die auch schon bald erwachsen sind …
Ich habe mich noch sehr lange nach ihm gesehnt, nach seiner zurückhaltenden, aber innigen Zärtlichkeit, nach dem verschlafenen Lachen, mit dem er mich am Morgen angesehen hat. Und dennoch, Marlene, trotz aller Freude aneinander, ja ich getraue mich zu sagen: trotz aller Liebe, die es von meiner Seite sicher gegeben hat, sind wir uns immer ein wenig fremd geblieben.

Aber das war gut so, denn das hat uns ermöglicht, dass jeder von uns beim Auseinandergehen noch „ganz" war, sich nicht im anderen verloren oder aufgegeben hatte.
Manchmal träume ich davon, dass er an meinen Rücken geschmiegt schläft, wie er es immer getan hat, seine trockene, kühle Haut an meinem weichen und warmen Körper.
Wie ein Kind, das die Nähe der Mutter sucht. Ich denke, das war ich auch für ihn in diesen Momenten. Was ich an Lebendigkeit bei ihm erfahren habe, konnte er bei mir an Geborgenheit finden.
Wenn ich jetzt darüber schreibe, wird mir ganz weh ums Herz, auch wenn die Zeit mit ihm schon so viele Jahre zurückliegt und ich doch schon lange (wenn auch ganz anders) glücklich bin mit meinem „Lebensmenschen".
Ach, Marlene, wie unterschiedlich die Liebe doch daherkommt, wie viele Möglichkeiten der Begegnung es gibt, wenn man es nur zulässt! „Für schöne Erinnerungen muss man beizeiten selber sorgen", sagte ein kluger Mann, und wenn mir auch so einiges danebengegangen ist in meinem Leben, diesen Rat habe ich befolgt.
Das also war die Geschichte, die Sie wissen wollten.
Wir haben uns übrigens vor einigen Jahren wiedergesehen, er ist ein recht stattlicher Unternehmer geworden, und er wirkt sehr zufrieden mit seinem Leben. Ab und zu ruft er mich an, einfach um zu fragen, wie es mir geht, und dann schwelgen wir ein wenig in Erinnerungen. Ohne Sentimentalität, einfach nur, weil wir beide gern an diese Zeit zurückdenken

und heute wie damals über so manches herzlich lachen können.
Jetzt im Rückblick kann ich sagen, dass das vielleicht die schönste Liebesgeschichte war, die sich in meinem Leben ereignet hat, weil sie so bedingungslos war, ohne Krampf und Forderungen und ohne das Schielen auf Dauer und Sicherheit.
Ich habe viel Glück gehabt, Marlene, und ich kann es schätzen. Und das macht mein Leben heute noch bunt und schön. Nicht immer. Auch nicht immer öfter. Aber immerhin.

Herzlichen Gruß
von Ihrer Eva

Marlene schreibt einen langen Brief. Sie sei gerührt von dieser Geschichte, und sie habe durch diese Erzählung auch ein anderes Bild von der „Elterngeneration" bekommen, der ja auch Eva angehöre. Sie wisse nun (was ihr bis jetzt eher peinlich war zu sehen), dass Liebe erstens kein Alter kenne und zweitens immer und überall „ausbrechen" könne. Bei ihrem letzten Besuch daheim habe sie die Mutter gefragt, ob es außer ihrem Ehemann noch Männer gegeben habe, die für sie wichtig waren oder sind. Mutter sei errötet wie ein kleines Schulmädchen und habe gemeint, dass das wohl kein Thema zwischen Mutter und Tochter sei, und ob sie, Marlene, denn vorhabe, sich einen anderen Mann zu suchen, weil sie solche Fragen stelle. Sie möge sich nur ja auf kein Abenteuer einlassen, schließlich habe sie einen „verlässlichen, anständigen und zudem noch finanziell gut gestellten Partner, der sich nichts zuschulden kommen lässt".
Es tue ihr sehr leid, dass man mit der Mutter über solche Dinge überhaupt nicht reden könne, dass zwei längst erwachsene Frauen sich noch immer nicht auf Augenhöhe begegnen könnten und vieles, das Vertrauen schaffen würde, nie angerührt oder gar besprochen werden könne. Aber sie habe die Erfahrung gemacht, dass das fast in allen Familien so sei, ihre Freundinnen würden ganz Ähnliches erzählen.
„Dabei wären wir, die wir in der Mitte des Lebens stehen und uns langsam auf den Weg ins Alter machen, so dankbar für ehrliche Gespräche über Erfahrungen mit dem Lieben und Leiden, wir haben nichts davon, dass sich die Alten immer nur hinter Moral und Tugend verschanzen, alles, worüber wir mit ihnen reden können, sind bestenfalls die Krankheiten."
Umso glücklicher sei sie, dass sie beide einander kennengelernt haben. Schon beim ersten Treffen sei ihr aufgefallen, dass Eva,

trotz eingeschränkter Beweglichkeit aufgrund der Schmerzen in den Beinen, von allen Kursteilnehmerinnen die Lebendigste und in gewissem Sinn „Freieste“ gewesen sei. Eine Frau, die anderen zuhören kann, auch die Jungen anhört und ausreden lässt, das sei in dieser Generation nicht selbstverständlich. Und Eva sei so herrlich „unaufgeregt“, das schätze sie besonders. Wie sie das schaffe, angesichts der körperlichen Schmerzen und nachlassenden Kräfte?

Liebe Marlene,

jaja, ich bin unaufgeregt, da haben Sie schon Recht.
Das ist aber auch eine Eigenschaft, die nicht immer nur positiv zu sehen ist. Ich war und bin – und das ist die eher „unsoziale“ Seite der Medaille – in vielerlei Hinsicht auch gleichgültig gegenüber den Sorgen und Problemchen meiner Mitmenschen.
Ich mache nicht viel Tamtam um meine Angelegenheiten, will aber dafür auch von den anderen nicht behelligt werden mit allen möglichen Faxen.
Aus diesem Grund habe ich auch für meine „Damentreffen“ (nächste Woche ist es nach längerer Zeit wieder einmal so weit) immer ein Thema vorgegeben, über das wir uns austauschen wollen. Sonst würde nur über die verschiedensten Krankheiten und Wehwehchen, über Kinder und Enkel

geredet werden, und das, meine Liebe, hängt mir wirklich zum Hals heraus! Die ewige Tuschelei und Schimpferei und Jammerei, wer wann was gesagt hat, wie es gemeint sein könnte, warum niemand in der Lage ist, der halbwüchsigen Enkelin das Piercing und die Tätowierung zu verbieten, und dass die Schwiegertochter das ganze Geld für „Fetzen" ausgibt, statt in die Wohnung zu investieren, dass die Söhne und Töchter automatisch im Recht und die Schwiegerkinder ebenso automatisch unfähige Idioten und Furien sind, das muss ich mir wirklich nicht jedes Mal anhören, dazu ist mir meine Zeit zu schade.

Und so reden wir, der kleine Kreis, der übrig geblieben ist, nachdem sich einige beleidigt und andere für immer verabschiedet haben, über Kindheitserinnerungen, wichtige Menschen in unseren Leben, manchmal auch über Bücher, die wir alle gelesen haben, und selten, aber doch, gehen wir auch ins Kino.

Über eine Initiative des Gymnasiums beteiligen wir uns auch an einem Zeitzeugen-Projekt, das sehr viel Freude macht: Schülerinnen und Schüler der Maturaklassen befragen uns zu den unterschiedlichsten Themen, ich wundere mich selbst, wie viel man herauskramen kann, aus der Erinnerung, und wie interessiert die jungen Leute sind.

Das ist auch der Grund, warum ich Ihnen so gern schreibe, Marlene. Weil Sie viel wissen wollen und ich auch, weil wir einander viel zu erzählen haben, aber uns doch nicht aushorchen und beurteilen.

Sicher ist das durch unsere natürliche Distanz leichter als etwa bei Mutter und Tochter, umso schöner wäre es, könnte man diese Nähe, die wir beide mittlerweile haben, auch innerhalb einer Familie spüren. Aber das geht auch bei mir nicht, leider.
Als meine Tochter sich von ihrem Mann scheiden ließ, habe ich es eher zufällig durch die Enkel erfahren, „sie wolle mich nicht belasten", war die Begründung für das „Nicht-darüber-Reden". Nun, für mich war eher diese Verbindung belastend gewesen, und zwar von Anfang an, weil das Geld die Hauptrolle gespielt hatte.
Aber auch darüber konnten wir nie sprechen, immer hatte meine Tochter Angst, ich würde ihre Position untergraben, sie nicht ernst nehmen.
Im Laufe der Zeit habe ich mich immer mehr zurückgezogen und bemerkt, dass diese „Familien-Askese" nicht nur unserer Beziehung, sondern auch mir recht gut getan hat. Man neigt ja doch, auch wenn man sich dessen bewusst ist und zusammennimmt, zum „Wichtigmachen und Besserwissen". Weil man wirklich vieles besser weiß, keine Frage, schließlich hat man allzu oft die schmerzlichen Erfahrungen des Nichtfunktionierens machen müssen. Aber es nützt nichts, gar nichts.
Niemand will wissen, welche Erfahrungen man selbst mit ähnlichen Problemen gehabt hat, alle wollen die Fehler selber machen. Sollen sie. Machen lassen, ohne Groll, das ist das Geheimnis.

Und da kommt mir zugute, dass ich eher unaufgeregt bin. Die eifrigen, stets besorgten „Übermütter" tun sich diesbezüglich sicher schwerer.
Ich bin eine Egoistin, Marlene, meine Mutter hatte schon Recht. Ich bin mir selber viel zu wichtig, als dass ich mich für die anderen aufopfern würde. Ob das gut oder schlecht ist, kann ich nicht sagen, es ist einfach eine Tatsache.
Schreiben Sie mir trotzdem wieder?
Das Treppensteigen hat nämlich nur Sinn für mich, wenn Post von Ihnen im Briefkasten ist!

Seien sie lieb gegrüßt
von Ihrer Freundin.

Wie geht es mit den Schwiegereltern, jetzt, wo Sie allein zuständig sind? Lassen Sie sich bloß nicht vereinnahmen!

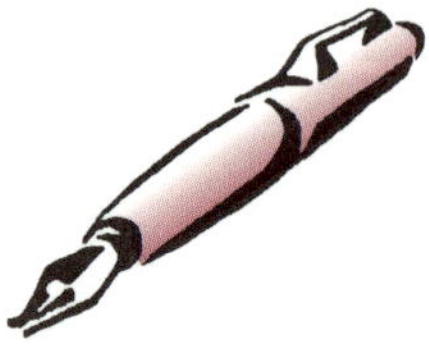

Nach einer Woche kommt Antwort von Marlene.
Mit Eltern und Schwiegereltern gehe es im Moment ganz gut. Die Betreuerin des Hilfswerkes, die nun täglich zur Unterstützung der Mutter komme, sei Papas Liebling geworden, er flirte ganz ungeniert mit ihr und frage sie jeden Tag, wie sie heiße und ob sie verheiratet sei, und wenn sie bejahe, drehe er die Augen über und seufze: „Ich leider auch!“ Die Mama sei schon verzweifelt und habe ihr leidgetan. „Kränke dich nicht, er spinnt doch“, habe Marlene zu ihr gesagt (ganz gegen ihr fachliches Wissen, dass er natürlich nicht spinnt, sondern krank ist), aber diese drastische Aussage habe anscheinend geholfen, die Mutter nehme seine verbalen Ausritte jetzt nicht mehr so persönlich.
Bei den Schwiegereltern nichts Neues, wenn der Sohn nicht da ist, gebe es von ihrer Seite wenig Bedürfnis, auf Besuch zu kommen.
Ihr Mann habe sich überraschend für das nächste Wochenende angesagt, sie sei aber nicht daheim, sie habe sich für ein Seminar angemeldet und könne (und wolle) jetzt nicht mehr absagen. Das würde Ärger geben, da sei sie sicher. „Aber die Zeiten sind vorbei, wo sich alle auf ihn einstellen und nach seinen Wünschen richten müssen.“ Sie sehe erst jetzt, wie automatisch und selbstverständlich all die Jahre zuerst nach seinen Bedürfnissen gefragt wurde und danach nicht nur Urlaubsreisen und Ausflüge stattfanden oder auch nicht, selbst im Alltag hatte sich alles um ihn zu drehen, „aber daran waren wir wohl selber schuld, wir nahmen das einfach so zur Kenntnis“. Manchmal habe sie das Gefühl, sie beginne jetzt erst, langsam erwachsen zu werden.

Ach, Marlene,

wie gut ich Sie verstehe!
Sie atmen den Duft der Freiheit und merken, wie schön das ist und wie sehr Sie eingeengt und eingespannt waren in all den Jahren.
Aber gerade deswegen: Verzeihen Sie, wenn ich mich ein wenig einmische?
Ich sehe ein, dass Sie Ihr Seminar nicht gern sausen lassen wollen, vielleicht geht es Ihnen aber auch nur darum, jetzt ein Exempel zu statuieren, egal. Aber versetzen Sie sich bitte in Ihren Mann.
Er freut sich auf daheim, er ist es gewohnt, dass alle parat stehen, er kennt es nicht anders.
Wäre es nicht fair, ihm Ihre Sicht über all das, was Sie schon so lange ärgert und Sie zu Recht ändern wollen, persönlich zu sagen? Nämlich, dass er sich in Zukunft darauf einstellen wird müssen, sich mit Ihnen abzustimmen.
Das wird eine ziemliche Umstellung werden für einen, der gewohnt war, nie fragen oder Rücksicht nehmen zu müssen.
Es gibt Menschen, die lassen sich scheiden, weil ihnen am Partner jahrelang Dinge auf die Nerven gehen, über die nie geredet wurde. Das heißt, sie geben dem anderen gar nicht die Chance, etwas zu ändern, was letztlich die Beziehung vielleicht retten könnte. Sie granteln vor sich hin, werden

boshaft und beschuldigen ihr Gegenüber insgeheim, ihr Leben zu zerstören. Manche, wie gesagt, lassen sich scheiden, viele aber werden unzufrieden nebeneinander alt.
Deshalb meine ich: Sie sollten reden, Marlene!
Sagen Sie ihm, dass sich einiges ändern muss, aber lassen Sie ihn nicht allein daheim sitzen, das bringt nur Wut und Enttäuschung, und alle sind böse.
Ich fasse mich kurz, vielleicht schafft es der Brief noch vor Ihrem Mann zu Ihnen,

alles Liebe von Eva.

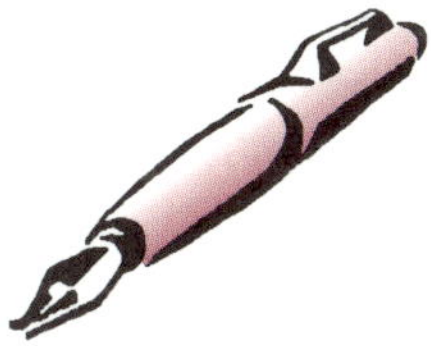

Erst nach zehn Tagen kommt ein Brief von Marlene.
Sie habe sich – auch ohne Zutun von Eva – letztlich dafür entschieden, das Seminar abzusagen. Es wäre auch kein Erfolg geworden, denn sie hätte ja doch nur an die Situation daheim denken müssen.
Die Aussprache mit ihrem Mann sei nicht sehr erfolgreich verlaufen. Er sei der Meinung, dass er durch sein Auslandsengagement und die eher selten möglichen Besuche daheim volle Rücksicht verdiene. Ihre „emanzipatorischen Schübe" könne sie ja ausleben, wenn er nicht da sei. Für ihn gebe es da nichts auszureden, schließlich profitiere auch sie davon, dass er nun erheblich mehr Geld nach Hause bringe und man das so lang zurückgestellte und von ihr immer wieder gewünschte Projekt Wintergarten angehen könne. „Ende der Durchsage."
Sie habe das nun einmal so hingenommen und das Thema während der drei folgenden Tage nicht mehr angeschnitten. Aber wenn er glaube, damit sei es vom Tisch, wäre er im Irrtum. „Mittlerweile brauche ich auch keinen Wintergarten mehr, so etwas braucht man nur, wenn man es gemütlich hat daheim, bei uns ist das aber schon lang nicht mehr der Fall."
Noch etwas belaste sie zur Zeit. Hitzewallungen, Schweißausbrüche und Müdigkeit, die sie jetzt nach einem „Wechseljahr" schon einigermaßen überstanden glaubte, seien in den letzten Wochen wieder über sie hereingebrochen wie eine Naturkatastrophe, ob das eine Folge der Kur sein könne? Sie sei auch für die Patienten, die sie zu betreuen habe, eine Zumutung, so wie sie schwitze. Und auch sonst: „Kein Wunder, dass mich keiner mehr anschaut."
Dabei habe sie sich nach der Kur so gut gefühlt, voll Elan und Energie. „Aber die Situation daheim entzieht mir schön lang-

sam wieder die Kraft, dabei müsste ich gerade jetzt stark und konsequent sein."

Einziger Lichtblick sei im Moment, dass sich die Tochter überraschend für ein paar Tage angesagt habe, „ich bin gespannt, was sich in ihrem Leben so abspielt, viel Einblick gewährt sie uns ja nicht".

Meine liebe Freundin.

Wie kann ich Ihnen helfen?
Ich lese nur von Selbstzweifeln und Unzufriedenheit, Marlene, glauben Sie, damit sind Sie allein auf der Welt? Können Sie sich vorstellen, dass es irgendein Leben gibt, in dem alles nach Plan läuft, die Liebe, die Arbeit, die Familie, das Aussehen? Vielleicht stundenweise, mit viel Glück tageweise. Und vor allem, nach welchem Plan? Nach welcher Ordnung?
Ich ertappe mich ja selber immer wieder dabei, dass ich Dinge festlege und dann davon ausgehe, eine bestimmte Wirkung damit erzwingen zu können.
Ich nehme meine Tabletten ausnahmsweise ganz pünktlich und erwarte, dass auch die Schmerzen pünktlich verschwinden.

Ich bereite alles für den Besuch meiner Damenrunde vor, überlege mir lange, womit ich sie diesmal kulinarisch überraschen könnte, aber die „Mädchen" reden unentwegt und bemerken nicht einmal, was sie essen. Würstel hätten es also auch getan.
Ich will meinem „Lebensmenschen" eine Freude machen, besorge – was ohnehin sehr mühevoll für mich ist, seit ich nicht mehr mit dem Auto fahren kann – Karten für ein schönes Kammerkonzert, und er hat keine Lust, hinzugehen, und will lieber daheim vor dem Fernseher sitzen. Lauter Enttäuschungen, nicht wahr?
Die ultimative Enttäuschung ist dann das, was einer Bekannten widerfuhr: Alles war vorbereitet für die Pflege ihrer Mutter daheim. Die Krankenschwestern organisiert, das Zimmer adaptiert, das Pflegebett gekauft, organisatorisch alles perfekt. Nur den Faktor Mensch hat man vergessen, und der ist eben ein einziger Unsicherheitsfaktor. Genau drei Tage nach der Übersiedlung ist die alte Dame verstorben. „Jetzt, wo wir alles so schön hergerichtet haben." Als ob das Herrichten, Ordnungschaffen etwas mit der Realität des Lebens zu tun hätten! Wir können uns gegen Feuer, Sturm und Hagel, gegen Hochwasser und Blechschäden, gegen Blitzschlag und Haushaltsunfälle versichern, aber nicht gegen das Leben (denn auch die Lebensversicherung gilt erst nach dem Tod).
Ich weiß, manchmal ist alles schrecklich. Sie gehen auf Kur und erwarten zumindest für einige Monate anhaltendes Glück und Wohlbefinden.

Sie haben einen neuen Lebensplan, und Ihr Mann will nichts davon hören.
Sie glauben, den Wechsel überstanden zu haben, und jetzt geht die Schwitzerei wieder los (ich vermute wie Sie, dass das mit der Kur zu tun haben könnte, also wird es sich auch wieder legen).
Sie haben in Ihre Schönheit investiert, und aus dem Spiegel schaut Ihnen eine graue Maus entgegen. Aber nicht, weil Sie nicht attraktiv sind, Marlene, sondern weil Sie sich gern anders sehen möchten als Sie sind.
Natalie Goldberg hat einmal geschrieben: „So sehr wir unser Leben auch in Ordnung bringen wollen: Wir können ein Bein verlieren, plötzlich sterben oder ein Glas Apfelmus fallen lassen. Je mehr wir unter Kontrolle bringen wollen, desto mehr wird außer Kontrolle geraten."
Leben gelingt, wenn wir lernen, mit vielen Zufällen zu rechnen und auch damit, dass uns immer und überall irgendetwas einen Strich durch die Rechnung machen könnte. Das heißt aber auch, dass man flexibel genug sein müsste, um sich auf immer wieder andere und überraschende Situationen einstellen zu können. Dazu sind wir aber nicht erzogen worden, Sie genauso wenig wie ich. Bei mir war es wahrscheinlich noch ein wenig strenger, noch mehr Vorschriften, noch weniger Spielraum, klare Vorgaben, was zu sein hat und was nicht.
Wenn zu meiner Zeit ein junges Mädchen mit der Partnerwahl Pech hatte, der Ehemann zum Beispiel ein

Trinker geworden ist, hieß es: durchhalten, nichts nach außen tragen, sich nichts anmerken lassen. Bei Kindern, die sich nicht so entwickeln, wie sich die Familie das vorstellt, die nicht studieren wollen, „Künstler" oder Aussteiger geworden sind oder den elterlichen Betrieb nicht übernehmen und einen ganz anderen Beruf ergreifen, weil sie eine eigene Vorstellung von ihrem Leben haben, führt das ja heute noch zu Zerwürfnissen, die oft ein Leben lang nicht mehr zu reparieren sind. Und warum? Weil eine Vorstellung nicht erfüllt, die „Familienordnung" nicht akzeptiert wurde.
Wo waren wir eigentlich? Ja, bei Ihrer Unzufriedenheit, das war der Ausgangspunkt.
Da fällt mir ein, dass ich Ihnen ein Buch über das Glück schenken wollte. Ich werde es von meiner Freundin besorgen lassen.
Matthieu Ricard hat es geschrieben, ein französischer Wissenschafter, der sich dem Buddhismus verschrieben hat und dem es auf sehr eindrucksvolle Weise gelingt, uns einen anderen Begriff von Glück zu vermitteln als den, der uns in der westlichen Welt als die Erfüllung unserer Wünsche vorgegaukelt wird.
Ach, Marlene, wenn ich solche Bücher lese, werde ich ganz demütig. Welch kluge Menschen es doch gibt! Trotz aller Bürden und Sorgen, die ja auch sie zu ertragen haben, sind sie fröhlich im besten Sinn, geduldig, entspannt, ohne Hass. Es fällt mir immer wieder auf, dass es vor allem Buddhisten sind, die durch ihre Religion und Geisteshaltung viel

mitfühlender und friedlicher sind als wir, die wir der christlichen Glaubensgemeinschaft angehören. Wir propagieren zwar Menschenfreundlichkeit, fordern mehr soziale und emotionale Intelligenz und Kompetenz, vom Buddhismus geprägte Menschen müssen sich aber nicht erst künstlich darum bemühen, sie leben es ganz selbstverständlich.
Von Respekt und Achtsamkeit gar nicht zu reden, um das zu „erlernen“, kann man bei uns um viel Geld einen Kurs besuchen, so genannte Unternehmensberater verdienen sich krumm, nur weil den Chefs das Minimum an Kompetenz in Menschenführung fehlt. Dafür kaufen sie dieses „Wissen“ großzügig zu und kommen sich auch noch gut vor, anstatt zu erkennen, dass sie sich und ihre Unfähigkeit dadurch erst recht entlarven.
Jetzt hab ich mich wieder einmal richtig schön aufgeregt, liebe Marlene, das ist gar nicht schlecht für meinen Blutdruck, fast so gut wie einmal Stiegen steigen! Es tut ganz gut, wenn Herz und Hirn ein wenig in Wallung geraten, so verblödet man nicht so schnell (wieder so eine unbewiesene Vorstellung!).
Heute kommt noch mein Hausarzt, der wird mir die Leviten lesen, weil ich schon drei Tage nicht mehr draußen war, aber es ist mir zu ungemütlich bei dieser Nässe.
Genießen Sie die Zeit mit Ihrer Tochter, liebe Marlene, und seien Sie wieder fröhlich!

Ihre Eva

Marlene meldet sich nach zwei Wochen. Für einen ausführlichen Brief habe sie erst jetzt wieder Zeit, und sie wisse gar nicht so recht, womit sie anfangen solle.
Der Besuch der Tochter habe länger gedauert als geplant. Der Grund dafür sei bereits sichtbar, sie erwartet ein Baby.
Da die Tochter nie von einem Freund erzählt habe, sei Marlene doch sehr überrascht gewesen, zu erfahren, dass sie in fünf Monaten Großmutter sein werde. Der Vater des Kindes – und das sei ein wirklicher Schock für sie gewesen –, ein verheirateter Mann und um gut 20 Jahre älter als die Tochter, sei noch dazu ein langjähriger Freund der Familie. Seine Frau habe keine Ahnung, und laut Tochter solle das auch so bleiben, denn sie habe keineswegs vor, den Kindesvater zu heiraten oder mit ihm zusammenzuleben, sie würde ihr Kind (ein Mädchen, das steht schon fest) allein aufziehen.
Auf die Frage, wie sie sich denn einen zukünftigen Kontakt mit dieser Familie vorstelle, die ja mit ihr, Marlene, und ihrem Mann gut bekannt sei, habe sie nur gemeint, das sei nicht ihre Sache, die Eltern könnten ja so tun, als wüssten sie von nichts, sie selber lebe ja ohnehin nicht mehr in der gleichen Stadt, und ob und wann der Kindesvater später einmal seine Tochter sehen darf, würde nur sie beide etwas angehen, das ließe sich absolut diskret regeln. Und zahlen würde er, da gebe es keine Diskussion.
„Ich bin einfach fassungslos über ihre Art, die Sache durchzuziehen, sie handelt das ab, als hätte sie gerade ein gutes Geschäft abgeschlossen, damit komme ich nicht klar." Ihr Ehemann wisse noch gar nichts davon, allein der Gedanke, wie er darauf reagieren werde, dass einer seiner Freunde der Vater seines Enkelkindes sei, lasse Panik in ihr aufsteigen. „Ich werde ihm das sicher nicht sagen, so wie meine Tochter gehofft hat, das wird sie schon selber tun müssen, bei mir hatte sie ja auch keine

Hemmungen." Ob sie sich denn gar nicht darauf freue, Oma zu werden, habe die Tochter am letzten Tag vor der Abreise gefragt, und sie habe nur wahrheitsgemäß sagen können, dass im Moment das Gefühl der Ohnmacht und Sorge wirklich keine Freude aufkommen lasse. „Das war schon immer unser Problem, nie hast du mir vertraut und geglaubt, ich könnte allein etwas schaffen", habe die Tochter geantwortet und sei abgefahren. Und jetzt sitze sie, Marlene, zu Hause und fühle sich elend. Wegen der ganzen, verfahrenen Situation, und: „ ... weil meine Tochter schon Recht hat, so ungern ich es zugebe."
In 14 Tagen werde ihr Mann nach Hause kommen, dann sei eine Woche gemeinsamer Urlaub geplant. Sie habe keine Ahnung, wie es nun weitergehe. Alles sei wieder in Schwebe, die ohnehin schon schwierige Situation sei durch die Schwangerschaft der Tochter nun noch verschärft, „er wird ausflippen, ich werde entgegen meiner inneren Überzeugung zu ihr halten, und der Streit wird eskalieren".

Liebe Marlene,

bei Ihnen ist ja ganz schön was los, das muss man schon sagen!
Da kann man im Chaos der Gefühle schon einmal den Boden unter den Füßen verlieren, das verstehe ich sehr gut. Aber das, was Sie mir geschrieben haben, ist Ihre Sicht der Dinge, die im Moment – zugegeben – nicht einfach ist.

Darf ich Ihnen als Außenstehende sagen, was ich sehe, liebe Marlene?
Ich sehe eine nicht mehr ganz junge Frau (Ihre Tochter ist knapp über 30, wenn ich nicht irre), die offenbar keinen Mann fürs Leben hat, aber den Wunsch nach einem Kind. Sie verdient ihr Geld selbst, ist also finanziell von niemandem abhängig, und hat sich entschlossen, das Baby auch ohne dazugehörige Familie zu bekommen. Das ist ziemlich mutig, wenn Sie mich fragen. Ich war zwar immer eine resolute Frau und wusste, was ich wollte, aber ein Kind so ganz ohne Mann, die Verantwortung wäre mir zu viel gewesen.
Nun, Ihre Tochter traut sich das zu, und sie hat ganz offensichtlich auch mit dem Kindesvater eine diesbezügliche Vereinbarung getroffen. Bis jetzt sehe ich keinen Grund zur Sorge, abgesehen davon, dass sich alle eine Bilderbuchfamilie wünschen würden mit Vater, Mutter, Kind, alle glücklich vereint. Tatsache ist, dass immer mehr Frauen ihre Kinder allein aufziehen, weil nur der Umschlag des Bilderbuches schön bunt und romantisch ist und nach der Hochzeit der Ernst des Alltags und damit das wirkliche Leben beginnt, an dem der Vater meist nur peripher, wenn überhaupt, beteiligt ist. Das fällt bei Ihrer Tochter von vornherein weg, der Mann ist von Anfang an nicht da.
Dass er ein Freund der Familie ist, scheint mir das einzige Problem zu sein. Aber, und da hat Ihre Tochter schon Recht, das ist Ihr Problem und das Ihres Mannes. Da gibt es

jetzt zwei Möglichkeiten: Entweder Sie erklären diesem Bekannten, dass unter diesen Umständen und aus Loyalität zu seiner Ehefrau ein weiterer Kontakt von Ihrer Seite nicht mehr erwünscht ist, oder Sie tun, als sei nichts geschehen, belassen es so, wie es ist. Denn besonders innig war der Kontakt ja ohnehin nie, wenn ich das richtig verstanden habe.

Ich hielte es vor allem für keine gute Idee, ihm irgendeine Art von Ultimatum zu stellen, denn wie er diese Angelegenheit familienintern handhabt, geht Sie nichts an, Marlene. Das muss er mit sich und Ihrer Tochter ausmachen.

Aber ich kann mir schon vorstellen, was Ihnen so zu schaffen macht, liebe Marlene! Dass Ihre Tochter eine „Betrügerin" ist, eine, die einer Frau Ihrer Generation den Mann ausgespannt hat und sich von ihm auch noch schwängern ließ. Und offenbar nicht einmal ein schlechtes Gewissen hat. Kommt Ihnen da am Ende der Gedanke, Ihnen könnte es auch so gehen? Waren Sie schon einmal die Betrogene? Oder die Betrügerin? Selbst wenn es so gewesen wäre, von seinen Kindern will man das auf keinen Fall hören, denn da fällt doch auch gleich ein schiefes Licht auf einen selber, habe ich Recht?

Ihre Tochter ist erwachsen, sie hat ein Recht auf ihr eigenes Leben, ob das nun den moralischen Vorstellungen der Eltern entspricht oder nicht. Auch meine Kinder haben mir diesbezüglich einiges aufzulösen gegeben, es hat eine Zeit gegeben, da war mir der Aufzug meines Sohnes so zuwider,

dass ich mit ihm nicht mehr fortgehen wollte. Bis er mich einmal gefragt hat, ob ich denn auf die Meinung der anderen angewiesen sei, er habe immer gedacht, ich würde mich darum nicht kümmern.
So ist es wohl auch bei Ihnen, Marlene, Sie genieren sich für Ihre Tochter, und vielleicht taucht in Ihren Gedanken auch das Wort „Schande“ auf.
So weit sollte es nicht kommen! Brechen Sie die Brücken deswegen nicht ab, ich bin sicher, wenn das Baby da ist, wird sich alles klären.
Ihre Tochter ist gesund und freut sich auf das Kind. Das sollten Sie sehen, nicht nur die Probleme rundherum.
Die sind da, um gelöst zu werden, mit Zorn und Vorwürfen geht das nicht. Aber das wissen Sie ohnehin.

Alles Liebe von Eva

Liebe Freundin.

Ich nehme Ihre Schreibpause zum Anlass, um Ihnen von meinem Besuch bei einer Bekannten zu erzählen, der mich gestern wirklich erschüttert hat. Wir kennen einander seit vielen Jahren, sie ist vorige Woche 82 geworden, und weil ich an ihrem Geburtstag nicht kommen konnte, habe ich es gestern nachgeholt.
Meine Bekannte ist schwer gehbehindert (gegen sie bin ich die reinste Gazelle) und hat seit etwa einem Jahr eine Pflegerin, die bei ihr zu Hause lebt. Eine ganz reizende Ungarin, seit einigen Jahren in Österreich, vor ihrer Pensionierung hat sie als Sprechstundenhilfe bei einem praktischen Arzt gearbeitet. Die beiden verstehen sich grundsätzlich gut, allerdings macht meine Bekannte, die ich immer als eine weltoffene, großzügige und gesellige Person gekannt habe, seit einigen Monaten eine beängstigende Wesensveränderung durch. Nach Aussage des Arztes leidet sie neben ihren körperlichen Gebrechen an einer beginnenden Demenz, die sich bei ihr vor allem in Aggressionsschüben und Anfällen von echter Bosheit zeigt.
So versteckt sie zum Beispiel ihr Nachthemd, Tabletten und andere Dinge, lässt die Pflegerin suchen und beschwert sich dann darüber, dass diese offenbar nicht in der Lage sei, Ordnung zu halten. Dem Arzt erzählt sie regelmäßig, dass

sie viel zu wenig zu essen bekomme und dauernd Hunger habe, in Wirklichkeit aber lässt sie immer mehr als die Hälfte auf dem Teller über und beschwert sich dann darüber, es werde viel zu viel gekocht und ihr Geld verschwendet.

Nun hat der Hausarzt neue Medikamente verschrieben, die sie natürlich nicht nimmt, auf die Pflegerin hört sie auch nicht („… was wird denn die schon wissen?“), Kinder oder andere Verwandte hat sie nicht, es gibt also niemanden, der Einfluss auf sie hätte und dem sie auch vertrauen würde.

Denn das ist das nächste Problem: Sie fühlt sich von allen verfolgt und geht davon aus, dass jeder, vom Arzt angefangen bis zur Hausmeisterin, es auf ihr Geld abgesehen hat, und davon hat sie genug.

Man muss dazu sagen, dass sie zwischendurch ganz normal ist und man mit ihr über alles reden kann, diese Phasen gibt es zum Glück noch, aber dann verfällt sie wieder in einen Zustand, der einem Angst macht.

Bei meinem Besuch hat sie – ich habe ihr ein Sortiment Fruchtsäfte und einen Seidenschal mitgebracht –, bevor ich meine Mitbringsel noch ausgepackt hatte, gemeint, das würde ihr die Pflegerin ohnehin alles stehlen, sie hätte auch schon ihren Schmuck und andere Wertgegenstände mitgenommen, „die stehlen ja alle wie die Raben“.

„Das ist die Krankheit, man kann nichts machen, vor allem, weil sie die Medikamente verweigert“, war der Kommentar der Pflegerin, nachdem ich sie gefragt habe, wie sie denn das aushalten könne.

Wissen Sie, Marlene, wenn ich nicht wüsste, wie diese Frau früher einmal war, ich würde es nicht für möglich halten, dass man eine solche Wandlung durchmachen kann. Sie war so großzügig und tolerant, eine so reizende Person, alle haben sie gemocht.
Angesichts dessen steigt in mir die Angst auf vor dem, was auch mir, was jedem von uns passieren könnte. Und die Frage, ob denn Bosheit, Aggression und latenter Hass in uns allen sind und bei jedem durch altersbedingte Veränderungen im Hirn ausbrechen könnten. Und wieder einmal stellt sich für mich die Frage: Wozu müssen wir alle so alt werden? Denn wie wird es denn im Fall meiner Bekannten weitergehen?
Einige Zeit wird sie noch daheimbleiben können, wenn sie aber tatsächlich auch weiterhin jegliche Medizin verweigert, wird die Demenz rapide fortschreiten, sie wird nicht mehr zurechnungsfähig sein und einen Sachwalter bekommen. Dann kommt sie in ein Heim, dort „irrlichtert" sie ihrem Ende entgegen, wenn sie Pech hat (und der Staat auch), vegetiert sie, ohne zu wissen, wer sie ist und war, noch einige Jahre dahin, bis sie erlöst wird. Der Gedanke daran ist so entsetzlich, dass ich ihn gar nicht zu Ende führen will, aber die Wahrheit ist: Meine Bekannte ist kein Einzelfall, es gibt Tausende in dieser Situation, und es werden immer mehr. „Bald wird die Welt voll alter Frauen sein, die ihre Männer begraben haben und dann zum Überleben in geistiger Abwesenheit verdammt sind" – ich habe mir diese Zeilen

aus dem Artikel eines amerikanischen Hirnforschers über das Altern der Frauen herausgeschrieben. Was da so provokant formuliert wurde, ist vielleicht übertrieben, im Kern aber stimmt es. Wir müssen nur in die Altenheime schauen. Aber unsere Politiker reden salbungsvoll von der „Würde des Alters", weil das gut klingt und sie wählbarer macht. „Würde" als Hauptwort existiert doch kaum mehr. Wenn Sie mich fragen, weder bei den Jungen noch bei den Alten. Würde, Achtung, Respekt, diese „Tugenden" sind den Leuten heute eher lästig, da müsste man sich vielleicht einmal zurücknehmen, wirklich zuhören, ohne dauernd ins Wort zu fallen und selber der Gescheitere sein zu wollen, müsste auch andere Meinungen gelten lassen, etwas auch einmal sein lassen können.

Sehen Sie, Marlene, so gut ich mich persönlich mit den Schwierigkeiten, die das Alter bringt, auch zu arrangieren versuche, wenn ich mit solchen Fakten konfrontiert bin, kriege ich tatsächlich Angst. (Sie haben mich doch kürzlich nach meinen Ängsten gefragt, da war mir das noch gar nicht so bewusst wie jetzt, nach dem gestrigen Besuch.)

Ich habe Angst vor dem „point of no return", jenem Punkt, wo ich es selbst nicht mehr in der Hand habe, über mein Leben zu bestimmen, wo alles das, was ich mir mühevoll erarbeitet habe, was mich ausgemacht hat, nichts mehr zählt, und ich geistig ins Vergessen meiner Persönlichkeit abgleite.

„Du hast dein Hirn seit der Kindheit mit Lesen trainiert und traktiert, das wird dich nicht im Stich lassen", so hat

mich mein „Lebensmensch" getröstet, „und abgesehen davon, ganz normal warst du ja ohnehin nie, meine Liebe"! Das war ein echter Trost. Schön, dass es so zartfühlende Männer gibt.

So, jetzt genug von meiner Befindlichkeit, ich warte sehnsüchtig auf Nachricht.

Denn bei Ihnen geht es zum Glück nicht ums Abschiednehmen, sondern ums Willkommenheißen einer kleinen Prinzessin!

Es grüßt Sie ganz herzlich
Ihre Eva.

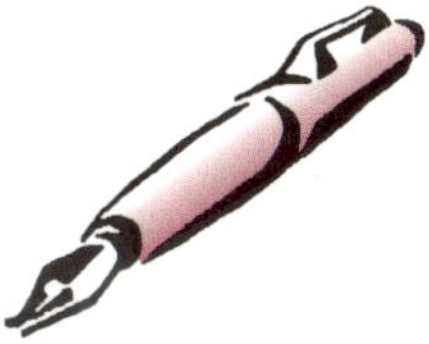

Von Marlene kommt ein Brief mit einer beigelegten Ansichtskarte aus Griechenland.
Entgegen aller „bösen" Vorzeichen sei der Urlaub doch zustande gekommen.
Es habe zwar die befürchtete Auseinandersetzung mit ihrem Mann gegeben, überraschenderweise stehe er aber der Situation eher hilflos gegenüber, er scheine überhaupt etwas angeschlagen zu sein, die neue Aufgabe überfordere ihn ganz eindeutig, „das macht ihn angenehm ruhig". Sie selber könne sich mit den Tatsachen noch immer nicht abfinden, aber sie sei froh über die paar Tage Erholung.
Bevor ihr Mann wieder nach Russland fliege, würde es zu einer Aussprache mit der Tochter und dem Kindesvater kommen, dabei würde die zukünftige Strategie festgelegt. Das sei ganz gut so, denn sie hoffe, bis dahin würde der erste Ärger schon verraucht sein.
Sonst sei alles in Ordnung, „ich schwimme viel und habe ein wenig zugenommen, aber diesmal ist es mir egal". Ihr Mann sitze den ganzen Tag mit seinem PC am Strand, und sie flirte währenddessen mit den griechischen Männern – „es stimmt nur der erste Teil des Satzes, leider. Das andere habe ich wohl auch schon verlernt."

Liebe Marlene!

Ich hoffe, Sie sind bei guter Gesundheit wieder nach Hause gekommen, meine Kinder und Enkel – sie waren diesmal alle gemeinsam verreist – haben sich im Urlaub eine nicht ungefährliche Darminfektion eingehandelt, damit waren die Ferien natürlich gelaufen.
Sehen Sie, so schlimm, wie Sie befürchtet haben, ist es nicht gekommen. Man muss nicht zu leiden beginnen, so lange es noch keinen Grund dafür gibt. Und wer weiß, vielleicht gelingt es Ihnen gemeinsam, das alles ganz unaufgeregt (!!!) über die Bühne zu bringen. Ihre Tochter braucht auch jetzt keine zusätzlichen Aufregungen, das wird ganz sicher auch Ihr Mann so sehen.
Übrigens, im Gegensatz zu Ihnen scheint meine Tochter nichts zu „verlernen". Sie hat nach ihrer Scheidung wieder geheiratet, und kürzlich hat mir mein „neuer" Schwiegersohn sein Leid geklagt, er vermutet, dass sie eine Affäre hat, jedenfalls habe sie sich seinen Angaben nach in den vergangenen Monaten stark verändert. Sie unternimmt plötzlich viel allein und „vernachlässigt die Familie".
Auf meine Frage, wie sich das äußere, sagte er mir ganz treuherzig, dass es immer öfter vorkomme, dass sie kein Abendessen vorbereite, seine Hemden tagelang ungebügelt liegen lasse und auch sonst eher „lieblos agiere".

Ach, Marlene, ich mag ihn gern, er ist ein gescheiter und lustiger Kerl, aber helfen kann und will ich da nicht. Ich habe gleich an Sie denken müssen: Das, was den Männern selbstverständlich erscheint, wird ihnen durch uns Frauen oft jahrelang ermöglicht, und irgendwann sehen sie nicht mehr ein, warum es anders werden sollte. Ob ihn meine Tochter betrügt oder „nur" vernachlässigt, ist ganz allein das Problem der beiden, das geht niemanden, auch nicht die Mutter, etwas an. Ich hatte eine Freundin, die sich zur Vertrauten aller vermeintlich betrogenen Ehefrauen machen ließ, so lang, bis sie selber Schlafstörungen bekam, weil sie mit den Geheimnissen, die man ihr anvertraut hatte, nicht mehr zurande kam. Und da sie alle Beteiligten persönlich kannte, war sie auch unentwegt in einem Loyalitätskonflikt. Diese „Geheimnisträger" waren und sind mir geradezu widerlich, sie helfen nämlich niemandem wirklich, sie lassen sich nur zu Komplizen in Rosenkriegen und Scheidungsdramen machen. Und so sehe ich es auch im aktuellen Fall meiner Tochter und meines Schwiegersohnes. Die sollen sich selber zusammenraufen – oder auch nicht. Ich werde mich dazu nicht äußern und mich hüten, gute Ratschläge zu erteilen. Mich interessiert das alles auch nicht, verstehen Sie? Ich habe alle diese Phasen selber durchgemacht, und ich hätte mir heftigst verbeten, dass mir jemand sagt, was ich zu tun habe und was nicht. Ich lege auch keinen Wert darauf, über jeden

Rheumaanfall meiner Tochter und jeden Schnupfen meiner Enkelkinder informiert zu werden. Wenn sie wirklich etwas von mir brauchen, bin ich da, das wissen sie. Aber mitleben müssen sie weder mit mir, noch will ich es mit ihnen.
Soviel für heute.
Ich bin in den letzten Tagen wieder ziemlich müde. Vielleicht machen das die neuen Medikamente für das Herz.

Also, meine Liebe,
herzlichen Gruß von Eva

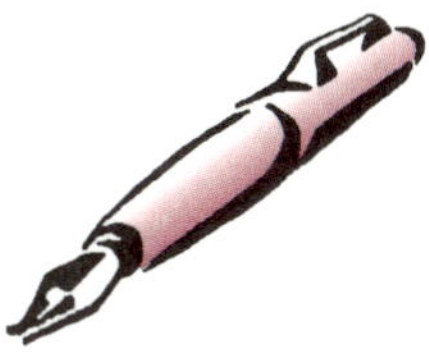

Nach drei Wochen erst kommt ein langer Brief von Marlene. Sie sei nicht in der Lage gewesen, früher zu schreiben. Zu viel habe sich abgespielt.
Nach dem Urlaub sei es endlich zur Aussprache mit der Tochter gekommen, der Kindesvater habe es vorgezogen, nicht zu erscheinen, ihm war die Situation offenbar noch peinlicher als allen anderen mehr oder weniger Beteiligten. Vereinbart sei nun, dass über den Vater des Kindes keine Auskünfte gegeben würden, es wüssten ohnehin nur sie und ihr Mann, wer es sei. Die bis dahin freundschaftlichen Beziehungen zu dieser Familie würden weitgehend eingestellt, und da ihr Ehemann nun im Ausland tätig ist, würde das auch nicht sonderlich auffallen. Die Stimmung sei allerdings immer noch gedrückt, und von Vorfreude auf das Enkelkind sei weder bei ihr noch bei ihrem Mann etwas zu spüren.
Außerdem mache sie sich Sorgen darüber, wie ihre Tochter das alles allein schaffen werde, die berufliche Karriere habe doch erst in den letzten beiden Jahren so richtig begonnen, also in dieser Situation lange beim Kind daheim zu bleiben, sei nicht ratsam. Andererseits, das Baby immer bei fremden Leuten zu lassen, „da tut mir jetzt schon das Herz weh"!
Aber das sei noch nicht alles. Der Vater sei wieder im Krankenhaus. Offenbar habe er einen leichten Schlaganfall erlitten, er sei sehr verwirrt, und es stelle sich nun ernsthaft die Frage, was mit ihm nach der Entlassung geschehen solle. Die Mutter könne ihn unmöglich daheim versorgen, die Pflegerin käme zwar zweimal pro Tag, aber mittlerweile sei eine Pflege rund um die Uhr unabdingbar. Die Mutter wolle nichts davon hören, nun habe sie den behandelnden Arzt gebeten, mit ihr zu reden.
Ihr selbst erschiene es am sinnvollsten, die Eltern würden gemeinsam in ein Pflegeheim übersiedeln. Vor zwei Monaten sei

in ihrem Bezirk ein sehr schönes eröffnet worden, in dem es auch kleine Wohneinheiten für Paare gibt. Sicherheitshalber habe sie die Eltern vormerken lassen, aber davon wisse noch niemand.
Manchmal beneide sie ihre Schwester, die „am anderen Ende der Welt sitzt und von alldem nichts mitbekommt".

Liebe Marlene,

verzeihen Sie bitte, dass ich mich so lange nicht gemeldet habe. Es ging mir gar nicht gut in den letzten drei Wochen, mein Herz kommt trotz des Schrittmachers immer wieder „außer Tritt", ich bin sehr schwach und müde.
Es tut mir nichts weh, außer den Beinen – daran habe ich mich im Lauf der Jahre fast gewöhnt –, aber diese Schwäche!
Marlene, ich lerne gerade eine weitere Lektion in meinem Leben, und das dürfte eine der schwierigsten sein: Nicht zu hadern mit meiner Situation, nicht zu hadern mit der Unfähigkeit, das zu tun, was ich gern tun möchte und was ich bis vor kurzem auch noch tun konnte.
Nun, ich habe mich aber doch aufgerafft, Ihnen zu schreiben, und das ist doch schon wieder ein Schritt nach vorn.
Meine Liebe, Sie schreiben, Sie könnten sich noch gar nicht so recht freuen auf das Baby, aber Sorgen machen, das geht schon, wie ich lese!

Ihre Tochter ist kein Teenager mehr, die Kinderbetreuung ist, wenn man es sich leisten kann, heute keine große Sache mehr, und was ist an einer liebevollen Tagesmutter denn schlechter als an einer vielleicht altersbedingt schon leicht überforderten Großmutter? Ich habe vor Jahren, als meine Tochter für einige Wochen ins Krankenhaus musste, die Betreuung der Kinder übernommen. Ich konnte eine Vertretung für mein Geschäft finden und bin für diese Zeit zu ihnen gezogen.

Die Kinder waren reizend, der Große, ohnehin ein ganz Ruhiger, war fast nicht zu bemerken, machte seine Aufgaben allein, und alles lief wie am Schnürchen.

Die Kleine, damals vier Jahre alt, hat mich schon mehr gefordert. Aber alles in allem ging es uns sehr gut miteinander.

Doch nach diesen vier Wochen war ich erledigt, Marlene! Ich war dauernd müde und erschöpft und ungeheuer froh, dass meine Tochter wieder daheim und eine Tagesmutter zur Verfügung war. So schön es als Großmutter ist, die Enkel bei sich zu haben, an der Realität, dass wir viel weniger belastbar sind als die Jungen, kommt man nicht vorbei. Und „fremde Leute", wie Sie das nennen, sind ja doch nicht automatisch schlechter geeignet, ein Kind zu betreuen als die Mitglieder der eigenen Familie, davon bin ich absolut überzeugt. Abgesehen davon, Sie selber stehen doch noch mitten im Berufsleben und kämen als „Dauerbetreuerin" schon deswegen nicht in Frage.

Lassen Sie Ihre Tochter los, haben Sie Vertrauen zu ihr und vor allem: Lassen Sie sich überraschen! Man kann viele Dinge, aber längst nicht alles, vorplanen, das Leben macht ohnehin, was es will.
Meine Kinder und Enkel haben sich für nächste Woche zu Besuch angesagt – sie schenken mir zum Geburtstag einen Ausflug, wohin ich möchte, ein sehr schönes Geschenk, weil es vor allem darum geht, dass wir Zeit miteinander verbringen – aber ich werde absagen müssen. Das erste Mal übrigens, denn auch wenn ich bisher oft nicht ganz fit war, ich habe es nie übers Herz gebracht, ihnen die Freude am vermeintlichen und natürlich gut gemeinten „Freudemachen" zu verderben. Diesmal bin ich klüger.
Es soll doch ein Geschenk für mich sein, also werde ich es mir für eine Zeit, wenn ich wieder besser in Form bin, aufheben. Und sollte das nicht mehr der Fall sein (was ich natürlich auch nicht ausschließen kann), werden wir etwas anderes finden.
„Besser, wir sind alte Weiber als gar nicht mehr auf der Welt", sagt meine einzige Schulfreundin, mit der ich noch Kontakt habe, immer dann, wenn wir über das Alter und Langsamwerden reden und uns gegenseitig ein wenig bedauern. Sie ist alleinstehend, war bis vor einem Jahr fast immer auf Reisen, nach einem Oberschenkelhalsbruch ist das nun zu Ende. Damals habe ich befürchtet, sie würde sich nun ganz zurückziehen, womöglich depressiv werden. Aber das war nicht so, sie hat sich, so bald es ging, meiner

Damenrunde angeschlossen, wir sehen uns mindestens dreimal im Monat und telefonieren auch oft. „Jetzt hab ich Zeit zum Handarbeiten, denn die Augen sind noch nicht so schlecht", sagt sie und versorgt uns alle mit wunderbar warmen Socken.

Aber ich kenne natürlich auch einen anderen Fall: Da ist ein Herr aus meiner Nachbarschaft, er ist 82 Jahre alt, der nach einem Autounfall mit Blechschaden, den er verursacht hatte, nicht mehr Auto fahren darf (seine Kinder haben es ihm verboten). Obwohl er einsieht, dass er mittlerweile nicht nur für sich, sondern auch für andere eine Gefahr darstellt (er sieht sehr schlecht), hat das Leben ohne Auto für ihn keinen Sinn mehr. Er sitzt nur noch am Fenster, interessiert sich für gar nichts mehr und baut nicht nur psychisch, sondern auch körperlich dramatisch ab. Alle Versuche, ihn auf andere Gedanken zu bringen, sind kläglich gescheitert.

Aber jetzt zu Ihnen. Was ist denn nun bei Ihren Eltern los? Glauben Sie, es könnte helfen, wenn ich mit ihnen rede? Ich würde das gern machen, wenn Sie es für sinnvoll halten.

Ich war übrigens vorige Woche in „meinem" Heim, weil ich, sollte sich mein Zustand nicht mehr wesentlich bessern, ernsthaft an eine Übersiedlung denken muss. Meinen Platz dort habe ich, und das wollte ich ja auch so, aber jetzt, wo es ernst wird … Das macht mir schon zu schaffen, Marlene, das kann ich nicht bestreiten, das ist ja dann doch die letzte Übersiedlung vor der allerletzten, sozusagen. Nun, man wird sehen, vielleicht geht es noch eine Weile so.

Ich schicke Ihnen liebe Grüße.
Vergessen Sie nicht, auf sich zu schauen! Sonst tut es ohnehin keiner, habe ich Recht?

Eva

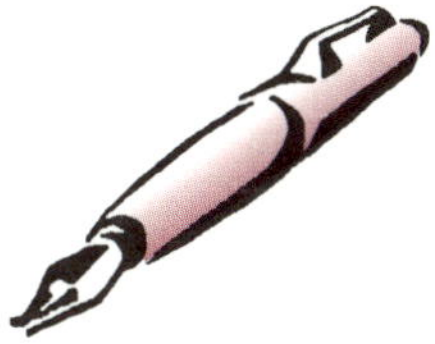

Von Marlene kommt ein Telegramm.
„Papa ist nach einem Hinterwandinfarkt gestorben. Ich bin sehr traurig. Melde mich so bald wie möglich."

Nach zwei Wochen dann ein Brief.
Der Tod des Vaters sei, trotz seines schlechten Gesundheitszustandes, für alle sehr plötzlich gekommen, die Mutter sei noch immer nicht ansprechbar und liege im Krankenhaus, durch erfolgreiche Intervention auf „Marlenes Station".
Durch alles, was rund um die Beerdigung zu erledigen war, habe sie noch gar nicht richtig Zeit gefunden, zu realisieren, was geschehen sei. Nun werde ihr langsam die Unwiderruflichkeit der Tatsache bewusst, dass der Vater nicht mehr da ist. Sie sei als Kind immer sein Liebling gewesen, die Schwester war das Mama-Mädchen. Aber später, eigentlich seit ihrer Heirat, habe sie „den Faden zu ihm verloren", warum, könne sie nicht sagen. „Ein Gespräch über wirkliche Probleme, seine oder meine, hat er nie zugelassen, wir haben uns nur an der Oberfläche unterhalten. Wenn ich jetzt darüber nachdenke, bemerke ich, dass er für mich eigentlich ein Fremder war."
Sie frage sich, um wen sie nun trauere. Um den Fels in der Brandung, der er für sie zwar als Kind, aber später nie mehr war? Um die Kindheit, in der sie Bergwanderungen und sogar Kletterausflüge mit dem Vater unternommen hat? Irgendetwas fehle ihr sehr, aber seltsamerweise könne sie es nicht benennen. „Vielleicht fühlt man sich von den Eltern ein Leben lang beschützt, auch dann noch, wenn das Gefühl längst nicht mehr der Realität entspricht." Sie habe niemanden, mit dem sie darüber reden könne, Mann und Kinder seien wieder weg, und

der Mutter müsse jetzt sie eine Stütze sein. Deshalb sei sie froh, sich mit Eva austauschen zu können.
Was für sie unvorstellbar sei: Ihre Eltern hatten keinerlei Vorkehrungen oder Regelungen für den nun eingetretenen Fall getroffen. Es gebe kein Testament, nach Auskunft der Mutter wurde auch nie darüber geredet, was mit dem anderen geschehen solle, wenn einer von ihnen stirbt. „Da wäre er sicher beleidigt gewesen, hätte ich davon angefangen."
So wie viele Dinge, die vor allem die nicht immer einfache Beziehung der Eltern zueinander betroffen haben, nie angesprochen wurden, um Unstimmigkeiten oder Konflikte zu vermeiden, so sei es auch mit dem Thema Sterben gewesen. Bloß nicht davon reden.
„Wir sind eine Familie, in der möglichst alles verdrängt und unter den Teppich gekehrt wird, das wird mir jetzt wieder so richtig bewusst."
Sie habe persönliche Dinge ihres Vaters als Erinnerung an ihn gesucht, aber nicht viel gefunden, das sie mit ihm verbinden könne. Da habe sie zum ersten Mal geweint – „wahrscheinlich um das, was es nie gegeben hat". Die Mutter brauche jetzt ihre ganze Fürsorge, ob sie nach der Entlassung aus dem Krankenhaus allein daheim bleiben könne, stehe allerdings in den Sternen.
Sie müsse jetzt oft an ihre Großmutter denken, die immer gesagt habe: „Wenn einer geht, kommt wieder einer." In diesem Fall sei es EINE, und die komme in zwei Monaten. Der Tochter gehe es übrigens sehr gut, und „jetzt freue ich mich schon sehr auf die Kleine".
Ob sich denn Eva wieder erfangen habe?

Meine liebe Freundin.

Vielen Dank, dass Sie sich Zeit genommen haben, mir zu schreiben.
Ich fühle mich Ihnen sehr verbunden, das wissen Sie. Was Sie da über Ihren Vater geschrieben haben, ist mir wirklich nahegegangen, weil ich doch sehr ähnliche Gefühle nach dem Tod meiner Mutter hatte (ich glaube, Ihnen davon schon geschrieben zu haben, aber sehen Sie, sicher weiß ich es nicht mehr). Man verliert etwas, von dem man gelernt hat, zu glauben, dass es etwas Essentielles, Lebenswichtiges ist, und kann es als solches doch nicht einordnen. Man ist verwirrt und fühlt sich schuldig, man zweifelt an seiner Liebesfähigkeit, beneidet Menschen, die voll Liebe und Sehnsucht trauern können, weil sie mit dem Verstorbenen in einer liebevollen Beziehung standen.
Ich glaube, das ist es, Marlene. Wir stehen zu kaum jemandem in wirklicher Beziehung!
„Bezogen sein", das ist doch etwas ganz anderes als das, was heute unter dieser Bezeichnung läuft. Das ist, dass sich zwei Menschen auf Augenhöhe begegnen, man einander ernst nimmt, nicht dauernd etwas verlangt, erwartet, bewertet.
Zwischen Kindern und Eltern ist das besonders schwierig, nicht, weil die Jungen es nicht möchten, eher weil sich die

Alten (ich kann mich da leider nicht ganz ausnehmen) schon bei der kleinsten Unstimmigkeit sofort auf ihre „Elternprivilegien“ zurückziehen, beleidigt sind und über die Undankbarkeit der Kinder klagen. Das ist keine Beziehung, das grenzt an Missbrauch, denn damit gelingt es immer wieder, schlechtes Gewissen zu erzeugen, um so dann doch durchzusetzen, was man haben möchte.
Oder es folgt eine Periode des provokanten Schweigens (so war es meistens bei uns daheim, wenn es darum gegangen wäre, Unstimmigkeiten anzusprechen und auszuräumen).
Ich bemühe mich, diese Nummer bei meinen Kindern nicht durchzuziehen, ich habe zu gut in Erinnerung, wie sehr ich selber als junge Frau darunter gelitten habe, wenn meine Eltern diese Karte wieder einmal ausgespielt haben.
Irgendwann enden all diese zwiespältigen „Beziehungen“ dann durch den Tod eines Elternteils, und man steht, so wie Sie jetzt, verloren und unsicher da.
Marlene, ich glaube, Sie müssen nicht nur Ihren Vater, den Sie ja gemocht haben, loslassen, sondern auch die Vorstellung davon, wie er hätte sein sollen, wie Sie ihn gern gehabt hätten.
Lieben und betrauern sie ihn, weil er für einige Jahre Ihrer Kindheit wie ein sicherer Hafen war, in dem Sie sich geborgen gefühlt haben. Das ist doch sehr viel!
Es ist nun einmal so, man möchte immer alles haben und übersieht dabei leicht den Wert dessen, was da ist.
Mir geht es, wie Sie richtig erkannt haben, nicht sehr gut.

Ich kann nicht mehr ohne Hilfe aus dem Haus, die Treppen sind vor allem wegen meiner Schwäche, nicht so sehr wegen meiner Beine, zum unüberwindbaren Hindernis geworden. Was noch dazukommt: Ich schaffe es fast nicht mehr, mich allein zu waschen, ich habe keine Dusche, sondern nur eine Badewanne, und das Hinein- und wieder Heraussteigen ist schon so schwierig geworden, dass ich es meistens gar nicht mehr versuche. (Meine Kinder hatten Recht, sie wollten mein Bad schon vor Jahren umbauen lassen, aber wegen der zu befürchtenden „Baustelle" in der Wohnung habe ich es abgelehnt!) Dabei habe ich vor nichts mehr Angst, als dass ich „schmuddelig" werden könnte wie so manche meiner Altersgenossen, die selber nicht mehr riechen, wie sie riechen (wir „Inkontinenzler" müssen da ja noch vorsichtiger sein).

Jetzt ist es also so weit, ich habe mich entschlossen, über kurz oder lang zu übersiedeln. Und das will vorbereitet sein.

Jeden Tag setze ich mich mindestens eine Stunde hin, um meine Sachen zu sichten, zu ordnen und all das wegzuwerfen, von dem ich nicht einmal mehr wusste, dass ich es noch habe.

Ich arbeite mein Leben auf, Marlene. Eine seltsame Arbeit, und ich kann verstehen, dass sich die meisten lieber davor drücken.

Aber Sie kennen doch die schönen Zeilen aus dem Alten Testament, dass alles im Leben seine Zeit hat, und bei mir beginnt jetzt ganz deutlich die Zeit des Abschiednehmens. Nächstes Mal erzähle ich Ihnen, warum das gar nicht so traurig ist, wie es vielleicht klingt.

Für heute genug, ich umarme Sie innig.

Ihre Eva

„Machen Sie mich nicht auch noch traurig!" So beginnt Marlenes Brief.

Sie habe die Mutter zu sich nach Hause genommen, für die erste Zeit einmal. Das gehe ganz gut, denn im Moment sei sie sehr dankbar und sehe sich selbst nicht in der Lage, ohne Unterstützung auszukommen. „Ich bedränge sie nicht, sie wird mir schon sagen, wie sie sich das Leben ohne den Vater nun vorstellt."

Sie selber habe sich wieder gefangen, die Arbeit sei eine willkommene Ablenkung und mache viel Freude, weil sie auch Anerkennung für ihr Engagement bekomme. Das Baby, so habe man bei der letzten Untersuchung erfahren, würde wahrscheinlich etwas früher als geplant kommen, alle seien schon aufgeregt, alle, außer der Tochter.

Nach vielen Jahren sei sie zum ersten Mal wieder in der Kirche gewesen. Sie sei im christlichen Glauben erzogen und groß geworden, habe aber zunehmend weniger Halt in der Kirche gefunden und auch keine Antworten auf ihre Fragen. Deshalb, und auch weil ihr Mann keiner Glaubensgemeinschaft angehört, sei sie schließlich ausgetreten. Vom Glauben abgewendet habe sie sich aber dennoch nie.

„Das ist der beste Hinweis darauf, dass du jetzt zur Riege der alten Weiber gehörst, die fangen alle irgendwann an, fromm zu werden." Das sei der Kommentar ihres Sohnes gewesen, dem sie erzählt hatte, sie sei in der Kirche gewesen und habe für ein gesundes Kind gebetet. Da würde schon etwas dran sein, aber es habe wohl auch mit der Erfahrung zu tun, dass nichts selbstverständlich ist und Dankbarkeit, aber auch Demut zu empfinden, keine Schande sei.

Ja, der Brief von Eva habe sie traurig gemacht, er klinge für sie nach Resignation und Abschied, und daran wolle sie überhaupt nicht denken. „Ich kann nicht mehr auf Sie verzichten, meine liebe Freundin! Vergessen Sie das nicht!“

Aber Marlene,

werden Sie mir bitte nicht dramatisch! Ich bin ja noch da, und wie Sie wissen, wird sich die Welt auch weiterdrehen, wenn ich es (physisch) nicht mehr bin.
Das finde ich schön, dass Sie wieder einmal in der Kirche waren, das kann Ihr Sohn noch nicht verstehen (herrlich, jetzt rede ich schon so, wie die Alten immer geredet und uns damit auf die Palme gebracht haben!), aber ich kann das sehr gut nachvollziehen. Auch ich habe früher, als ich noch besser zu Fuß unterwegs war, sehr gern die Kirche aufgesucht, die Stille und Einkehr genossen.
Obwohl, wie ich schon angedeutet habe, meine spirituelle Welt eher im Buddhismus liegt. Deshalb bin ich auch nicht traurig über den Abschiedsweg, den ich nun eingeschlagen habe, ich bin eher froh darüber, ihn noch so bewusst gehen zu können.
Wir haben uns noch nie darüber unterhalten, deshalb möchte ich Ihnen heute erzählen, wie ich das sehe, mit dem Geboren-Werden und dem Sterben.

Ich glaube nämlich nicht daran, dass ein Werden und Vergehen existieren.
Beim vietnamesischen Buddhisten und Buchautor Thich Nhat Hanh habe ich eine sehr schlüssige und wunderbare Bestätigung meiner Theorie gefunden. Er sagt, dass die Geburt nicht als Schöpfung, sondern als Manifestation gesehen werden müsse, dass, wenn die Bedingungen stimmen, ein Mensch entstehen könne, wenn die Bedingungen aber nicht mehr gegeben sind, also der Mensch altert und krank wird, sich diese Manifestation wieder auflöst, unser irdisches Dasein praktisch nur ein Durchgangsstadium ist.
Wir sind vor unserem Beginn Teil des Universums und werden es auch nach unserem irdischen Ende sein. Wenn es keinen Anfang gibt, braucht man auch keine Angst vor dem Ende zu haben, weil das Ende in der Form, wie wir es zelebrieren, also mit dem Begraben der menschlichen Hülle auf dem Friedhof, nur ein Ritual für die Hinterbliebenen ist. In mir leben also alle meine Vorfahren, und ich lebe in meinen Nachkommen weiter.
Was mich daran fesselt, ist die Parallele, die ich darin zur christlichen Religion sehe, zum Glauben an Jesus, von dem es doch heißt, dass seine wahre Natur jene sei, die keine Geburt und keinen Tod kennt. Seit mehr als zweitausend Jahren wird Jesus angebetet, „lebt“ er für die Menschen, wer würde behaupten können, er sei seit seiner Kreuzigung „nicht mehr da“?

Wenn ein Mensch, der Ihnen nahesteht, sich nicht in der Form manifestiert, die Sie gewohnt sind, also nicht mehr „greifbar“ ist, bedeutet das nicht, dass er nicht mehr da ist. Sie können ihn trotzdem wahrnehmen, und Sie können auf unterschiedliche Weise mit ihm in Berührung kommen. Ein schöner, tröstlicher und sehr friedvoller Gedanke, finden Sie nicht?
Sehr lange schon spüre ich, dass sich auf diese Art zwar mein irdischer Weg vollenden wird, mein wahres Selbst aber bleibt. Sie werden also nie auf mich verzichten müssen, liebe Marlene, denn ich werde da sein, so wie Sie da sind und bleiben, in Ihren Kindern und bald in Ihrer kleinen Enkeltochter.
Ich habe keine Ahnung, ob Sie damit etwas anfangen können, aber es würde mich sehr interessieren.
Ich will Sie auch keineswegs „bekehren“, sondern Ihnen nur erzählen, was mich ruhig macht und gelassen, und warum der Gedanke, „gehen“ zu müssen, in mir keine Angst auslöst.

Melden Sie sich bald, ich erwarte Ihre Briefe immer voll Ungeduld!

Ihre Eva

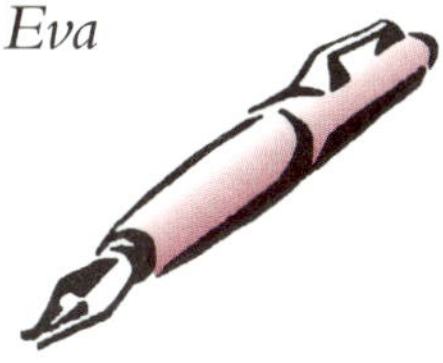

Marlene schreibt, sie sei verwirrt und verunsichert.
Mit dem Tod des Vaters seien für sie viele Fragen aufgetaucht, mit denen sie sich erst jetzt wirklich auseinandersetze.
Die Frage nach dem Sinn des Lebens, und ob ihr Vater ihn für sich gefunden habe, ob man Hoffnung haben könne, einander wieder zu begegnen in einem anderen Leben, oder ob mit dem Sterben wirklich alles vorbei sei.
Aber das, was Eva ihr geschrieben hat, sei ihr vollkommen fremd, für sie nicht nachvollziehbar. Nein, sie könne damit nichts anfangen, auch deshalb nicht, „weil doch durch Ihre Theorie unser irdisches Dasein an Wert verliert, wenn es gleichgültig ist, ob wir als Menschen existieren oder nicht".
Aber es sei ihr nicht gleichgültig, ob ihr Vater am Leben sei oder nicht, sie wolle ihn wiederhaben, gegen alle Vernunft.
Abgesehen von all diesen Überlegungen fühle sie sich derzeit wie eine Maschine, die man in der Früh aufzieht und die ganz automatisch das Tagespensum an Arbeit erledigt, sie sei seit Wochen nicht mehr beim Friseur gewesen, habe wieder mit dem „Frustfressen" begonnen (die Mutter wohne immer noch bei ihr und habe sich, seit sie wieder auf den Beinen ist, aufs Kochen und Backen verlegt), und dass sie eine Frau sei, bemerke sie höchstens an den immerwährenden Wechselbeschwerden.
Eine Arbeitskollegin habe sie eingeladen, mit ihr für einige Tage auf ein Tenniscamp zu fahren, aber so, wie sie aussehe, passe sie längst in keine Sportkleidung mehr, und sie zweifle daran, dass es Sinn hätte, sich etwas Neues zu kaufen. Die Mutter habe ihr zwar zugeredet, aber „eigentlich bin ich auch schon zu bequem geworden, die Arbeit fordert mich mehr als genug".
Ihr Mann sei am Wochenende daheim gewesen und habe versucht, ihr wieder einmal „etwas näher" zu kommen, „aber es

ist beim Versuch geblieben, wir haben beide keine wirkliche Lust mehr, und inzwischen versuchen wir das auch nicht mehr zu verbergen“. Dafür könne man wieder gut miteinander reden, ohne Aggression und gegenseitige Vorwürfe.
„Aber ist das noch Liebe? Was meinen Sie?“

Ja, was meine ich, liebe Marlene?

Ich meine, dass Sie sich auf einem guten Weg befinden, was Ihre Partnerschaft betrifft. Denn zum ersten Mal scheinen Sie mit dem zufrieden zu sein, was Sie jetzt haben, und grämen sich nicht, dass etwas zur Zeit nicht verfügbar ist, das zu einer harmonischen Beziehung eben auch gehört. Warum sollte das nicht Liebe sein? Sie hören einander zu, können sich ausreden und nehmen dadurch jenen Druck aus der Beziehung, der Ihnen in den letzten Monaten das Leben so schwer gemacht hat. Wunderbar, Marlene! Irgendwann werden Sie vielleicht auch wieder Lust aufeinander kriegen, oder auch nicht! Bloß keinen Zwang, der macht nie etwas besser!
Und bitte: Fahren Sie aufs Tenniscamp! Und kaufen Sie sich was Hübsches! Mein Gott, wie gern würde ich mit Ihnen tauschen! Ob Sie es glauben oder nicht, ich war einmal eine ganz passable Tennisspielerin, leider habe ich mir wohl auch

dadurch meine Kniegelenke ruiniert, denn bei mir hat es nur „volle Kraft voraus" gegeben. Das waren Zeiten! Hätte mir damals jemand gesagt, ich solle aufpassen, damit ich auch noch im Alter laufen kann, gelacht hätte ich darüber … und jetzt?
Jetzt bin ich froh, wenn ich ohne größere Probleme aus meinem Sessel aufstehen und in die Küche gehen kann, etwa zehn Schritte! So ist es nun einmal.
Noch zum Thema des letzten Briefes. Nein, Marlene, es ist nicht gleichgültig, im Sinne von egal, ob wir als Menschen existieren oder nicht. Da haben Sie mich falsch verstanden. Es ist für mich „gleich gültig", und das ist ein wesentlicher Unterschied. Wir gehen nicht verloren, Marlene, davon bin ich überzeugt, deshalb ist das eine, also das „Angreifbare", für mich ebenso gültig wie das Sein außerhalb unserer irdischen Existenz. Kein Anfang, kein Ende, keine Angst.
Sie schreiben, dass Sie Ihren Vater wiederhaben möchten. Haben Sie sich überlegt, was denn anders wäre als zuvor, wenn Sie ihn noch oder, besser gesagt, wieder hätten? Er wäre der, der er war, und Sie wären die, die Sie sind.
Die Ansicht, dass man alles anders, besser, in Hinblick auf den Tod bewusster machen würde, ist doch sehr kindlich, Marlene.
Mehr vom Gleichen könnte es geben, aber wozu?
Beim Räumen habe ich gestern wieder ein Buch gefunden, das ich Ihnen schicken werde (ich beginne jetzt, gezielt Bücher zu verschenken, das halte ich für besser, als dann den

ganzen Haufen zu hinterlassen, und irgendein Ignorant wirft alles weg!).

Von Julian Barnes „Der Zitronentisch“. Lauter Erzählungen über das Alter, und diese wunderbare Sprache! Die Zitrone ist übrigens bei den Chinesen das Symbol des Todes, wussten Sie das? Vielleicht unter dem Motto „Sauer macht lustig“?

Nein, Sarkasmus beiseite, liebe Freundin, ich schicke es Ihnen und wünsche viel Freude beim Lesen und im Tenniscamp!

Ich wollte Ihnen noch eine Geschichte vom 5. Brandenburgischen Konzert erzählen, weil ich es gerade im Radio höre, aber ich bin zu müde, vielleicht nächstes Mal.

Alles Liebe, Eva

Über Musik, vor allem die klassische, wisse sie so gut wie gar nichts, schreibt Marlene.
Sie habe zwar als Kind Flöte und drei Jahre auch Geige spielen gelernt, aber sie habe nie wirkliche Freude daran gehabt, und Talent sei sie wohl auch keines gewesen. Auch ihre Kinder hätten keine musikalische Ader, und für ihren Mann bedeute Musik nur Ruhestörung.
Manchmal laufe daheim so nebenbei das Radio, da höre sie alte Schlager, die ihr gefallen, aber so wirklich zuhören oder auch ins Konzert oder die Oper gehen, das gebe es bei ihnen nicht.
Was es denn mit diesem Konzert auf sich habe?
Dass Eva nun beginne, alles zu verschenken, sei ihr nicht ganz geheuer, sie könne sich nicht vorstellen, dass man sich von Dingen sozusagen freiwillig trennt, bevor das nicht unbedingt sein muss.
Heute müsse sie sich kurz fassen, sie habe noch nicht gepackt, und morgen früh würde es losgehen. „Es geht ins Tenniscamp, jawohl, neue Schuhe, neues Outfit, schlechte Kondition, aber was soll's, sonst komme ich hier nie wieder heraus!“

Nach drei Wochen wieder Post von Marlene.
Sie mache sich Sorgen, weil von Eva kein Brief gekommen sei, ob denn alles seine Ordnung hätte?
Ihr selbst gehe es gut, sie habe eine Menge nette Leute kennengelernt, auch die Mutter habe die paar Tage allein gut gemeistert und sei nun (zumindest auf Probe) wieder nach Hause gefahren. „Sie ist wieder ein wenig selbstständiger ge-

worden, ich denke, sie wird es allein noch einige Zeit schaffen. Nur das Gedächtnis lässt leider deutlich nach, gut, dass sie nun eine ständige Haushaltshilfe akzeptiert."
Sie habe gestern die Anmeldeformulare für ein Seminar bekommen, das sicher auch Eva interessieren würde, „ich lege sie dem nächsten Brief bei, auch wenn ich nicht daran glaube, dass es möglich sein wird, es wäre wunderschön, Sie wiederzusehen, Eva".
Ihre Tochter sei übrigens bereits im Krankenhaus, die Kleine würde in den nächsten Tagen geholt, so sie nicht selber auf die Welt wolle.
„Wir sind schon alle nervös, ich am allermeisten."

Meine liebe Marlene,

schon dreimal habe ich Anlauf genommen zu einem Brief. Immer dieser Schwindel. Ich muss mich hinlegen, und dann geht gar nichts mehr. Ich war im Krankenhaus, weil ich gefallen bin, seit drei Tagen wanke ich wieder zu Hause herum.
Jetzt geht es wirklich nicht mehr so weiter. Meinen lieben „Lebensmenschen" habe ich für heute weggeschickt, er meint es gut mit mir, aber nur weil ich schwach bin, muss er mich nicht dauernd bevormunden, fehlt noch, dass er mich füttern will.

Mit meinen „Aufräumarbeiten“ bin ich fast fertig, die Fotoalben schaue ich gerade durch, das macht mir große Freude, man wird fast wieder jung dabei.
Ich habe zwei Bilder herausgenommen, die ich Ihnen schicken werde, auf einem bin ich gerade zwanzig, auf dem anderen so in Ihrem Alter. Sie werden sehen, dass ich immer hübscher geworden bin mit den Jahren!
Aber auch das spielt irgendwann keine Rolle mehr, jetzt geht's nur mehr ums Aufrechtgehen, so gut wie nur möglich.
Ich habe gestern wieder einen Besuch in meinem zukünftigen „Zuhause“ gemacht. Naja, Marlene, die kleine Wohnung ist ja sehr hübsch, aber meine Nachbarinnen! Zwei „Giftzwerginnen“, die mir gleich einmal gesagt haben, was alles NICHT sein darf in diesem Heim. Als würde ich jeden Abend auf dem Tisch tanzen! Sehr erbaulich war das nicht, aber man wird sehen.
Was wollte ich erzählen? Die Geschichte vom Brandenburgischen Konzert!
Ich war jung verheiratet, und mein Mann hatte Karten für ein Konzert der Symphoniker. Mein erster Konzertbesuch. Ich trug ein dunkelblau geblümtes Kleid. Wir saßen in der dritten Reihe. Neben mir eine junge Frau, daneben ihr Freund oder ihr Mann.
Es war der dritte Satz des 5. Brandenburgischen Konzertes, als die beiden zu streiten begannen. Es ging um eine andere Frau, sie warf ihm vor, dass er die dauernd anstarre, und er solle sich zusammenreißen. Rundherum wurden die Leute

ärgerlich und forderten sie auf, hinauszugehen. In der Pause stritten sie im Foyer weiter, plötzlich sah sie mich und schüttete mir ihr volles Glas Rotwein ins Gesicht und auf mein Kleid. Mit der Frau war ich gemeint gewesen, und ich hatte nicht einmal bemerkt, dass der arme Narr mich angeschaut hatte! Das war es dann. Ich zog meinen Mann, der seiner Empörung Luft machen wollte, zum Ausgang und wir fuhren nach Hause. Wir waren beide unheimlich wütend, aber es ist dann doch noch ein schöner Abend geworden, und ich bin mir sicher, in dieser Nacht ist unser Sohn entstanden (deshalb nenne ich ihn heute noch manchmal „meinen Brandenburger“).
Die schönsten Geschichten schreibt doch das Leben, ist es nicht so, Marlene?
Trinken Sie ein Glas auf mein Wohl und vergessen Sie mich nicht!
Wie wird denn das Mädchen heißen?

Alles Gute für alle!
Ihre Eva

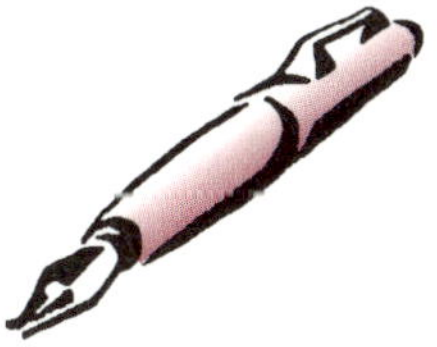

Schon nach drei Tagen kommt eine Karte von Marlene. Vorne ein großes rosa Herz, in dessen Mitte der Name Sophie steht.
Sie wurde per Kaiserschnitt geholt, Mutter und Tochter seien wohlauf, die Kleine sei gar nicht so klein, sondern bringe fast vier Kilo auf die Waage. Marlene könne sich an ihr gar nicht satt sehen, „wir sind überglücklich! Wie Recht Sie doch hatten, liebe Eva!" Grüße auch von ihrer Tochter, die sie unbedingt kennenlernen wolle. „Wir werden Sie besuchen kommen, wir drei Frauen, vielleicht nehmen wir dann auch noch die Uroma mit!"

Liebe Marlene!

Schön, dass ich es noch erwartet habe, bis Sophie da ist!
Jetzt ist der richtige Zeitpunkt, zu übersiedeln.
Das ist mein letzter Brief an Sie.
Ich wünsche Ihnen alles Glück dieser Welt, aber das haben Sie ohnehin, denn Sie tragen in sich, was Sie brauchen.
Vielen Dank für alles, was Sie mir anvertraut haben, lauter Geschenke des Herzens und der Seele, sie sind bei mir gut aufgehoben.
Ja, besuchen Sie mich mit Ihren Lieben, mein „Lebensmensch" wird Ihnen sagen, wo Sie mich finden (abgesehen von der Tatsache, dass ich ohnehin immer in Ihrer Nähe sein werde).

Und einen Buchvorschlag habe ich noch: „Die letzte Lektion“ von Noelle Chatelet. Eine Liebeserklärung an die Freiheit und das Leben.
Sie werden mich verstehen.

Leben Sie wohl.
Eva